いまからでも遅くはない

中村嘉人

言視舎

目次

1996

1997

1998

2001

「いのちの色」

先日、日経産業新聞の「転機」というコラムに、古い友人や恩師との出会いのことを書いた。一度しかない人生だから、一たびの出会いを大切にしたい。その縁を生涯、大事にして生きたい。

此の間も、三十年ぶりに芦屋に住む年長の友、堀江光男に再会した。七十一歳になる旧知の友は、二千坪の土地に建てた豪邸にたった一人で住んでいる。もちろん、女中さんが居ることは居るが、大きな屋敷は森閑として人の気配を感じさせない。常雇いの庭師も居るが、深山幽谷の趣が漂う大庭園は広く、人影を見かけない。

私は大学時代、何等の縁故もない此の人に、何故か可愛がられて、旧宅に威張って居候していた。

今どき、此の大富豪を「オッちゃん」などと呼ぶ不心得者は私だけだろうが、オッちゃんは三十年前とちっとも変わっていない。相変わらず美少女を恋人にしている。

私には昔からオッちゃんのいのちの色が見えた。生きている限り、どんな人にもいのちが宿っている。

しかし人によってその色が違う。

年老いてからも華やいでいるいのちもあれば、若い時から光沢のないいのちもある。

オッちゃんのいのちは昔と少しも変わらぬ色で燃えていた。

（一九八三・一　月刊クォリティ）

「百歳の赤富士」

「富嶽三十六景」で有名な葛飾北斎（一七六〇〜一八四九）は、当時としては稀な長寿の生涯を送った。日本人の平均寿命が七十歳をこえたのは極く最近のことである。なにしろ、翁と呼ばれる松尾芭蕉ですら、亡くなったのは五十。泰西でもシェイクスピアが五十二。僕が好きな画家の佐伯祐三なんか僅か三十。モジリアニは三十五である。北斎の九十年の生涯は稀にみる長生きといわねばならない。しかし彼自身はおのれの寿命に不満だった。

北斎は天保五（一八三四）年刊『富嶽百景』前編の跋文に、自分の画才について、「百歳にしてまさに神妙ならんか」と書き残した。つまり百歳になったら自分の画才は神わざに達するという自負だ。

平成元年八月のある朝、僕が寝ぼけまなこで新聞をめくっていたら、

「九十七歳で富士登頂！」

なる見出しが眼に入った。この御仁は、これまで三年目ごとに富士山頂で日の出を拝んできたという。

とっさに、北斎の燃えるような赤富士がまぶたに浮かんだ。朝焼けの富士山を描いた「富嶽三十六景」中の傑作「凱風快晴」図である。

「次はいよいよ百歳！　高齢登頂日本一の記録をめざす」

記事の結びはこうだった。

世の中にはなんとすごい御老体もいるものよ！と感服し、ついでにお名前をたしかめたら、思わず、

「なにィ、あの爺さまが！」

なんと旧友・新谷松雄氏のオヤジ殿ではないか。

見るからに実直そうな、定年退職の元国鉄マンの老顔が、僕の脳裏をちらっと掠めた。一級建築士の松雄氏とは二十数年来のつき合いなので、御尊父にもお目に掛かったことはあるが、失礼ながら見かけからは登山の趣味など全く想像でき

なかった。第一、伜の口からオヤジの富士登山の話など、ただの一ぺんも聞いたことがなかった。

しかし脳裏に浮かんでくる御尊父の記憶を仔細にたどると、思いあたるふしがないでもなかった。小柄だが、背すじがすっと立った痩身のからだつきは、とても百に近い高齢には見えなかった。衣服の下はサーロインステーキ症候群に無縁な見事な筋肉質なのだろう。僕は今も足腰のトレーニングを怠らないという御老体に、心から脱帽した。

あれから数えて、今年はちょうど三年目である。新春の朝、お屠蘇がわりに吟醸酒を冷やで一杯やっていたら、すっくと聳える赤富士の雄姿が、僕の頭に鮮烈によみがえってきた。

（一九九二・一　北海道商報）

「いまからでも遅くはない」

葛飾北斎はまれにみる長寿者であった。が、彼自身はおのれの寿命に不満だった。

天保五年刊『富嶽百景』の跋文に、自分の画才は百歳にして神わざに達する、と書き残している。このとき、彼は七十五歳だった。

その後いよいよ画業にはげみ、九十歳で亡くなる時、門人、知人にむかって、もう十年生きられたら、自分のわざは神わざに達するものを、と嘆息した。

平成元年八月のある朝、寝ぼけまなこで新聞をめくっていたら、「九十七歳で富士登頂！」という見出しが眼に入った。江別市にお住まいの新谷一二郎氏は、これまで三年目ごとに富士山頂で日の出を拝んできたという。とっさに、北斎の「富獄三十六景」中の燃えるような赤富士図がまぶたに浮かんだ。

新谷さんが富士登山を思い立ったのは、定年引退後の七十九歳のときだったそうな。氏は平成元年の最高齢登頂者に与えられる金メダルを受賞。高齢登山家グループ「富士喜楽会」の番付表で東の正横綱に認定された。

記事の結びはこうだった。「次はいよいよ百歳！　高齢登頂記録日本一をめざす」

それから三年目、平成四年八月のこと、私はついに「高齢登頂日本一！」という記事に出会った。新谷さんは数え百歳で、七回目の登頂に成功したのである。史上三人目の快挙だった。

氏は明治二十六（一八九三）年生まれ、身長一六二センチ、体重五〇キロ。旅行、登山、もの書き、読書が趣味である。

八十をすぎてからも、年に二、三回は一人で国内旅行。海外はアメリカ、中国など六回経験しているというから驚く。

「年寄り気分は嫌いです。いつも若い気持ちでおります。年齢を意識すると、やりたいことが何もできなくなる」

多くの人が老後の不安にあげるものに認知症があるが、氏によれば、多趣味はボケを防ぐという。とくに執筆は老化防止の特効薬とか。旅行記や登山記など辞書と首っ引きで書いた小冊子が四十六冊。

いつも用事をつくっては週に三、四回ひとりで外出する。家族にはできるだけたよらない。自分のことはなるべく自分でやる。

「次の百三歳で登山できるかどうかはわからないが、やる気はあります。目標は少し高めに置くのがいいようです」

自分をかえりみて、私は忸怩たるものがあった。ああ、いまからでも遅くはない！

（一九九三・二　朝日新聞）

「遠ざかる青春の足音」

あのころの山崎は、誰に対しても物怖じしない精悍な若者だった。引き締った筋肉質のからだ、日に焼けて真っ黒な顔、キラキラ光る表情豊かな眼。

私たちは長旅の末に、やっと、さいはての釧路駅についた。夏の盛りなのに、夜風が冷たかった。二人は大阪大学の学生で、彼は二十二歳、私は二十三。ボストンバッグをぶら下げた二人は、さびしい町並みを幣舞橋へ向かって歩きだした。昭和二十七年八月、まだテレビがなかったころのことである。

私のよれよれの鞄のなかは着がえと洗面具、飯盒に米少々、本が一冊。本は戦前版の石川啄木歌集『一握の砂』である。山崎の鞄は本物の牛革製で舶来品。外資企業の役員をしている父親のもち物を無断拝借してきたのだ。

私たちはぶっつけ本番で、近江屋旅館へ行った。啄木が、

小奴といひし女の
やはらかき
耳朶（たぶ）なども忘れがたかり

と詠（よ）んだ芸妓が、ここの女将（おかみ）のはずだった。出てきた番頭に
「啄木の足跡をたずねて、大阪からやってきました。泊めて下さい」

と、頭を下げた。

折悪しく女将は風邪をこじらせて寝こんでいたが、私たちの来訪を心から喜んでくれた。

翌日、番頭に案内されて、女あるじの居間へいった。小奴こと近江ジンさんは、うすく化粧はしていたが、やつれた頬が痛々しかった。

「なにか記念にさし上げたいと思いましたが、どうぞこれを」

と、さし出されたのが、

啄木にゆかりの宿と
訪（と）われしも

歌の女は面（おも）やつれして

彼女自身の歌を書きつけた原稿用紙であった。

翌日は川湯温泉に投宿した。宿の窓からあっちこっち盛んに煙を上げている黄色い山が見えた。硫黄山だった。

「おい、あれに登ろう！」

山崎が私をさそった。

山上に立つと、今しも夕陽が、雄大な白樺の原生林を刻一刻、赫々（あかあか）と染めているところだった。大地と天が接するあたりから、しのび寄る闇が見えた。

その夜はとぼしい有り金をさいて酒をあがない、痛飲した。

あれから、もう四十年になる。

「もう一度いってみたいな」

山崎は何年たっても、そう言っていたが、そうこうするうちに、一緒にいく機会は、永久に去った。酒徒山崎は痛飲がすぎ、アル中になり、一升びんをかかえたまま、夭折した。

私がもう一度、釧路駅におり立ったのは、ざっと二十年あとのことだった。近江屋旅館はあとかたもなく消え失せ、私たちの思い出の痕跡をとどめるものは、何もなかった。

そのとき私の耳に、遠ざかっていく青春の足音が、たしかに聞こえた。

（一九九四・一　朝日新聞）

「夢見る人たち」

相撲の成松センセイこと智ノ花は、三役に上がった初場所でも、自宅から国技館まで電車通勤だという。私も市電や地下鉄の愛用者である。雨でも風でも、できるだけ歩く。

この都会が好きなのである。

ただし冬の間は、少々さびしい思いをさせられる。駅前通りに、顔見知りの靴みがきの老女がいなくなるからだ。

はじめて言葉をかわしたのは、五、六年まえだった。大通公園わきの銀行の玄関を出たら、単行本を読みふけっている客待ちの老婆が目に入った。

「こんにちは」と、私は腰をおろし、「面白そうだね?」

彼女は少し耳が遠いようだ。

「どう？　面白いかい？」

私が重ねて尋ねると、うれしそうにうなずいて、読みさしの本を見せてくれた。由良三郎著『完全犯罪研究室』。

「難しそうな本だね」

「旦那さん、ババが推理小説読んでるのは、おかしいですか？」

「………」

日焼けした顔がニッと笑った。口もとから丈夫そうな白い歯がのぞいた。

「さっきのお客さんが年を聞くので、七十五だと答えたら、へえっ、七十五で推理小説かい？と笑われたけど、やっぱりヘンかねえ」

本は近くの市役所の図書コーナーから借りてくるのだとつけ加えた。

十日ほどたってからまた寄ると、今度は藤沢周平の時代小説を読んでいた。

「おや、今日は推理小説じゃないの？」

「この人のものはいいよ」と相好をくずし、秘密でもうちあけるように「推理小説では松本清張が一番だね。なんせ、油断ができないから。何時何分に汽車に乗った、何時何分におりた、何時何分に何をした……。そこのところをキチンと読まないと、ナゾがとけない。松本清張は頭を使うよ」

これだから、この街は面白い。

私は大谷地の流通センターへ地下鉄で通勤しているが、いつも階段を二段とびで駆け上がる爺ィさんがいる。チロルハットに登山靴。エスカレーターに乗る姿は見たことがない。

初場所四日目、智ノ花が関脇貴ノ浪を破った日のことだが、微妙な勝負だった。この日、会合に遅れかけた私は、地下鉄駅までタクシーを利用していた。陣幕審判部長が智ノ花の勝ちをアナウンスすると、タクシー運転手が、ぶつぶつひとり言をつぶやいた。「人間、夢を見なくちゃいけないな」

智ノ花がセンセイをやめてプロ入りした時は、すでに二十七歳。力士としてはまことに遅いスタートである。六月には三十歳になるという。

運転手がまたブツブツつぶやいた。

「夢は捨ててはいかんな」
自分に向かって言ってるのだった。

（一九九四・三　朝日新聞）

「ウマヅラハギが消えた」

年齢（とし）をとるにつれ、食欲もおとろえるという。わたしは食通でもなければ、食べ物の歴史や料理にもうといが、食い意地だけは、あいかわらずはっている。

――好きなものは何か？

と問われたら、やはり、すしだろうか。わたしの好みに合うすし屋は、赤レンガの北海道庁に近いビル地下の一軒である。

ここの握りは、むかしの味がする。つまりコハダは酢でしめ、マグロの赤身はヅケ、穴子は裂いた生を目の前で焼くという具合に、すしダネに手をかけてある。むかしはこれがあたりまえだったが、いまでは貴重な味になった。

若い主人は自分の眼で納得した素材しか使わない。しんこ（若いコハダ）は一枚づけの大きさに育つまで扱わないし、ハマグリも同様である。

値段が手頃なのもいい。

そのかわりといってはなんだが、従業員は少ない。かけだしの見習い職人と、お手伝いの少女だけ。

つけ場の奥に幅二メートルばかりのガラスの水槽を置き、客の注文があるまで、アワビ、ホッキ、カキ、ホタテ、ツブといった貝類や、ボタンえび、イカ、毛蟹、ヒラメなどを飼っている。

どれも一週間ほどで姿を消す。

ところが一匹だけ、不思議にいのちを永らえてきた魚がいる。口がとがってヘンに顔が長い。

《ウマヅラハギ》である。

「陽ちゃんが餌をやるもんですから、この子にすっかりなついちまいまして」

と、主人が笑った。陽子というのはアルバイトの少女のことだ。北大の学生だそうな。

気をつけて見ていると、なるほど馬面（うまづら）はなかなかの愛敬者である。第二背ビレと尻ビレを使って、ヘリコプターのように、緩急自在に泳ぐ。

「可愛いですよ」

と、陽ちゃんは眼を細めた。

愛称までつけたという。

「なんて名前？」

「ガンちゃん」

〈てへ、へへ………〉

わたしは肝をつぶした。

ガン——

は、わたしの若い時のアダ名だ。


雪どけの暖かい日、わたしは久しぶりにすし屋へ寄った。中トロもうまかったが、ヒラメのしまり具合がよかった。

例の乙女の姿が見当たらない。

「陽ちゃんは休みかい？」

主人はなんとも情けない表情を浮かべ、「やめました」。

水槽に眼をやると、ウマヅラが見当たらない。

「申しわけありません。とうとうお客さんに食われてしまいました。ヒラメに代えてくれとお願いしましたが、どうしてもウマヅラの刺し身が食いたいと……」

わたしは事情をさとった。いまにも泣き出しそうな乙女の顔が眼に浮かんだ。

明日は彼岸の入りである。


（一九九四・五　朝日新聞）

「若い女の肖像」

スペイン人は、食べることと散歩が何より好きだという。私も歩くのは好きだが、そぞろ歩きには縁がない。朝は自宅から地下鉄駅まで、かなりの距離を歩く。たまに妻と一緒のこともあるが、彼女の足では追いつけない。帰りはわざと最寄り駅を避け、一区間か二区間、歩く。疲れてくると、夕食には少し早いが、知っている居酒屋へ寄る。客がいない黄昏どきの酒場はいいものだ。いつか私も脚力がおとろえ、酒も飲めないよぼよぼの老人になるだろうが、それまでに、まだ少し間がある。

私が立ち寄るのは、ススキノで二十年以上つづいているカウンターだけの細長い店だ。シェフの主人は、画文集『スペイン　味の旅』（板前の絵日記）の著者で、両側の壁に、ところせましとばかり、コースターに描いた小さな絵が掛けてある。

料理は酒の肴になる前菜ばかりである。昔は酒菜に充分に手をかけた、こういう小体な店が沢山あったが、今では数えるほどしかない。私の好みは、脂がたっぷりのった新鮮な生のいわしのマリネ。じゃがいもや野菜を詰めたスペイン風オムレツ。洞爺湖近辺で採れた白花豆のシチューなど。どれも値がはらない。私はこれに青唐辛子のタバスコをかけ、辛口の少し渋みをおびた安いイタリア産ワインを飲む。

私がここへ友人の挿絵画家、成瀬数富氏を案内したのは、五年前のことだ。朝日新聞の愛読者の中には、きっと連載小説『新吾十番勝負』(川口松太郎作)の挿絵を記憶しておられる方もあろう。

私は三十年前、東京の世田谷に住んでいたころ、近所のこの人に、大へんお世話になった。成瀬家は、年中、若いイラストレーターたちのたまり場だった。といっても、氏自身がまだ三十代の若さ。スポーツマンだが、人並みはずれて背が低く、お国言葉の広島弁まる出し。あわて者で、愛妻家、親分気質。亡くなった美人の奥さんが、これまた亭主におとらぬ世話好き。私の妻はたのまれて、幼い長女の真実子ちゃんの家庭教師になった。

下戸の成瀬氏は、この店の雰囲気や、きさくなシェフをお気に召し、「オー、アミーゴ」（おー、友よ）

興にのって、「ぼくも何か描こう」

彼は差し出された四角なコースターに、鮮やかな手なみで、一瞬のまに、若い女の顔を描いた。私はハッとした。亡くなった奥さんの横顔ではないか。

板前の絵日記に刺激された成瀬氏は、その年から毎年、スケッチ旅行に出かけるようになった。まずスペイン、ポルトガル。次いで大連、上海。さらにフランス、イタリア。国内も長崎、山形と。「行きたい土地は、大体いった。アトリエも建てかえた。今夏は真実子をつれて札幌へいきます。アミーゴによろしく」

平成五年の賀状に、そう書いてよこした。私と家内は夏のおとずれを待ちこがれた。

約束の七月。とある夕べ、朝日新聞の夕刊をひろげた私の眼に、

「今朝、成瀬数富氏死去」

という活字がとびこんできた。

若い女の肖像は、今もススキノの店にある。


（一九九四・六　朝日新聞）

「ぼくらの時代――回想の函館中学」

昔の函館中学同窓会報編集部の西田さんから「とっておきの話」を依頼されたが、在学中の思い出はすでに何度も書いているので、ネタが切れた。「青春・恋愛・友達・先生・勉強」などなんでもいいそうだが、開戦から四カ月目に旧制の函中に入学し、敗戦の翌年、四修で中退した私にとって、戦時下の四年間の少年期に縁があるのは、僅かに「友達」と「先生」だけである。しかも心をゆるした友とか、尊敬する先生とかいうことになれば、これまた数が少ない。

何しろ学生とは名ばかり、二年生の夏から四年生の敗戦の夏まで、クラスはバラバラにされ、息つく間もなく勤労動員に狩り出された。最初のうちこそ親元から工場や鉄道に通ったが、三年生になると農村へ出動させられ、監督の豊岡先生や級友の古谷泉、相馬智たち十人ばかりと、一間きりの掘建小屋の部落番屋で合宿させられた。シラミと同宿したようなもので、都会育ちのわれわれは、馴れるまで泣かされた。夏休みは鉄道工事、続いて軍用飛行場の緊急工事。冬休みは酷寒の山奥の造材飯場で除雪作業……。相馬や星野秀利は海軍兵学校を志願したが、文学好きな私は、霧の深い根釧原野の開拓部落で、桜井雄平と栄養失調の八月を迎え、十六歳になっていた（文中の級友古谷、相馬、星野、桜井はいずれもすでに故人）。

こういうわけで、友達づきあいは、おのずから範囲が限定された。懐かしく思う恩師も、故人となった豊岡亮、浅間友吉のお二人だけである。もっとも、元木校長やほかの先生方の目から見れば、あの時代では、私は欠陥商品、不適格品だったと思う。三年生のとき、遂に「修練可」の烙印を押された。

私は出身小学校が函館師範（現在の教育大）付属小だが、担任教師は一年のときから六年間、後藤鉄四郎先生で、函中でも同期の五十嵐藤俊、坂下康彦、石畑克己と机を並べた仲だ。先生は綴り方教育に熱心だった（五十嵐も坂下も石畑も、すでに逝った）。

当時の綴り方についてふれたい。私が生まれた昭和四年頃から、全国各地で、「現実の生活をありのままに表現する」ことを出発点とする「生活綴方運動」が盛んになった。北海道でも、坂本亀松、小鮒寛など熱心な教師を中心に、昭和十年、北海道綴方教育連盟が結成された。翌年、私は付属小に入学した。昭和十二年、小学生の豊田正子さんの作文集『綴方教室』が出版され、ただちに劇化、映画化されて、教育面だけでなく、社会的にも大きな反響をよんだ。それまでの私は、「少年倶楽部」の熱烈なファンで、佐藤紅録や山中峯太郎、佐々木邦の小説に心をおどらせ、のらくろや冒険ダン吉の運命に一喜一憂するだけの少年だったが、後藤先生の指導により、『綴方教室』に感心し、ただ読書するだけでなく、自分でも書くことをおぼえた。

太平洋戦争の嵐が近づくにつれ、北海道綴方教育連盟は軍部の弾圧をうけ、昭和十五年に先ず坂本、小鮒、横山真の三人が、翌十六年には全道各地の小学校教師五十三人が一斉に検挙され、教育の自由な活動は終止符をうった。

開戦と同時に、戦意を高揚しない本は発売も読書も制限されたが、私の本好きは昂ずるばかりで、動員先へも本を携行した。この頃のことを、自分のエッセイから抜き書きしよう。

「尊敬する浅間先生の影響を受けた私は、禁じられていた阿部次郎『三太郎の日記』や、尾崎士郎『人生劇場』、或る時は鷗外や漱石の文庫本を秘かにリュックの底に忍ばせていた。いずれも先生から借りた本だった。三年生の秋、宿泊した民家は出征兵士の教員宅だったが、そこの書棚で見つけたレマルクの反戦小説『西部戦線異常なし』の印象は強烈だった」（昭和五七・八・一三付　日経産業新聞「転機」より）

敗戦の年、病人の私と桜井は、一足早く故郷へ帰された。

「星野との思い出は、この夏から始まる。それまで、僕は彼と心をうちあけて話したことがなかった。僕の眼には、軍人志望の彼は、学校の授業以外に興味がない人間にうつった。僕の方は、教科書よりも、詩や小説に心を奪われていた。十月に入ると、動員を解除された同期の連中が、全道のあちこちから続々と帰還してきた。久しぶりに校庭が賑やかになった。僕と藤田俊太郎は同人誌を出す計画を立てた。われわれは一年生の時から同じ五組で、ウマが合った。海兵予科から復員した星野が、仲間入りを申し込んできた時は、全く意外だった。」（『アイドルの人』より）

紙数が尽きたが、これが私の函中時代である。

（一九九四・六　白楊ヶ丘同窓会札幌支部報）

「天使は殺しが好き」

都会にはヘンな人がいる。といっても、畸人怪人のたぐいではない。妙ちきりんな人、面白い人の意味である。

有名な鍼灸(はりきゅう)師、指圧師といえば、みなさんはどんな人を想像されるだろうか。私がかつて治療をうけた大阪の鍼師は、かの『仕掛人・藤枝梅安』に似た坊主頭の口数が少ない大男。生駒山の名高い指圧師もやはり坊主頭で、手首がふとく、眼はやさしいが、無口。

ところが札幌の鍼灸指圧治療院・藤野珠子院長は、小づくりで可憐な現代女性。音楽はジャズもクラシックも好き。初めての患者は、とてもこの愛くるしい人が、高名な鍼医師とは信じられまい。私がつけたあだ名は、

おしゃべりマシン――

小鳥がさえずるみたいな可愛い声で、よく喋る。

昨春、腰痛に苦しんでいた私を院へ連れていってくれたのは、英国調のシックな身だしなみの八十三歳になる市原博氏である。

数日後、私が、

「いい先生を紹介して頂いて助かりました。美人で腕はたしか。てきめんに効きました」

と、お礼をいったら、老紳士の眼がいたずらっぽく笑って、

「タマ子先生に手を出してはいけませんよ。なにせ、わたしとは相思相愛の仲ですからな。アハハ！」

ときた。

私はこの冗談好きのいなせな老人に、
市原の父っつぁん——

というあだ名を進呈した。

とある日曜日、ドライブの道すがら、長沼町の田んぼで見かけた泥ンこの百姓

女が、タマ子女史と気づいたときは、仰天した。なんと、野良仕事が一番の趣味だそうな。あたりを見まわしたら、《百姓屋たまこ》という立て札が出ていた。

今春、女史からやぶから棒な電話がきた。「この頃、ミステリーに凝ってるの。だれか推理小説の作家を紹介して」

私は友人の東直己の名を告げ、彼が志願して札幌刑務所へ入ったいきさつを述べた。なにしろ彼は体験記を書くため、50ccの原動機付き自転車で、制限速度を十八キロオーバー。つまり四十八キロで飛ばし、やっとこさ、念願の刑務所入りを果たしたってわけ。

私はついでに、苗穂の囚人がつくった《484のブルース》という歌を披露した。実はこの歌、半月ほど前、私の旧制高校の後輩で、北海道ＪＲ社長・大森義弘氏に教わったばかり。

巨額の赤字に悩む国鉄がＪＲとしてスタートしてから十年目。当初はトイレがきれいになった、駅員が挨拶するようになったと評判がよかったが、民営化はイバラの道、大森氏は針のムシロに座らされている。東大出身の彼が、酔っぱらう

と、渋い哀愁をおびた声で、

　すがりつく手を　押しのけて
　行かにゃならない　時もある
　男のこの胸　だれが知る

と、四人の歌をうたう。

聞かされるこちとらの胸までがせつなくなる。

それから一ト月……。

「わたし、いよいよ自分で推理小説を書こうと決心したわ。赤川次郎や高村薫は手本にならない。*シャーロット・マクラウドがいい」

童顔の女史は無邪気な性格を丸出しにして意気軒昂（けんこう）。思いついた殺しの手口を次々とご披露におよんだ。

私は赤い怪気炎の煙に巻かれた。

（一九九六・七　月刊さっぽろ）

＊著名なユーモア・ミステリーの女流作家

「バイバイ！　おケイ」

去る六月十日に天寿を全うした宇野千代さんは、満で九十八歳、数え年でいえばほぼ百歳だった。晩年の自伝『生きて行く私』が大ベストセラーになったのは、彼女のざっくばらんな生き方を愛する人がたくさんいたからにちがいない。

「私はいつでも、自分にとって愉しくないことがあると、大急ぎで、そのことを忘れるようにした。思い出さないようにした」とか「私にはいつでも、自分を夢中にさせることが一ぱいあった。私はそれを思い出した瞬間に、もう駆け出していた」と、宇野さんは書いている。

陽気は美徳、陰気は罪悪——という格言も、宇野さんがつくったものだそうな。

その日、つまり宇野さんの訃報がつたえられた日、私は不意に故・安川ケイのことを思い出した。

おケイと最初に出会ったのは、小樽の高校を出た彼女が、札幌のデパートに勤めたばかりの頃。昭和四十二年のことだった。

彼女は美貌をもって知られる宇野さんとは大ちがい。平凡な丸顔の太っちょな女の子だった。けれども大きな黒い瞳がいつも生き生きしていて、それにとても陽気で、客を笑わせた。

私は、彼女は宇野さんと同じ人生観で生きていたと思う。宇野さんと同様に、思いつくとすぐ夢中になるタチで、貧乏ぐらしから抜け出すため、ウドン屋の店員、喫茶店の給仕など、いろんな職についた。

高校を出てから十五年後……。ケイは女友達の洋子と共同で、しゃれた船室（キャビン）を思わせる酒場を開店した。店名の〈スロウ・ボート〉は村上春樹の初期の短編の冒頭に出てくる古い唄、

中国行きの貨物船（スロー・ボート）に
なんとかあなたを乗せたいな、
船は貸しきり、

二人きり……

からとった。彼女はその店を心から愛した。不思議な店だった。入ってきた客に、フッと自分を忘れさせた。彼女のジョークは客にうけた。

さらに十五年後……。彼女は悪質な乳癌に冒され、悲惨な闘病生活を余儀なくされた。

おケイは亡くなる十日ほど前、死期をさとったようだった。病院に泊まりきりで看病してくれた洋子に、まるで他人のことを話すみたいに「ねえ、私もやっぱり、死んだらお葬式をしなければいけないのかしら？」

「そりゃそうよ」

「じゃ、スロウ・ボートでやってよ。みんなでワイワイ飲みながら」

「せまくて入りきらないわ。もっと広いところでやってあげる」

「そんなに大勢きてくれるかしら？」

真面目に心配するので、洋子は吹き出してしまった。

亡くなる前日から昏睡状態におちた。

母親や兄、兄嫁、親戚が集まった。

ふと、意識がもどったおケイが、枕もとの洋子を見つめ
「私、まだ生きてるの？　こんなにいっぱい集まってくれたのに、悪いわ」

「なに言ってるのよ。元気を出して頂戴」

目を赤くした兄が、顔をのぞきこんで「果物はどう？　何か欲しいものはないか？」

「フフ」と、おケイは笑って「欲しいのは、いつだって、オ、カ、ネ」

「あきれた、あきれた」と洋子は泣き笑いしながら、私にその時のことを話してくれた。私は思った。元気だった頃、しょっ中ジョークを飛ばして私たちを笑わせたおケイのことだもの、きっと生死の瀬戸際でも、ウケをねらったにちがいない。

私は信じている。おケイはまちがいなく、まっすぐ天国へ行ったことだろうと。


（一九九六・八　月刊さっぽろ）

「私のちっちゃなガールフレンド」

名前は《まほ》。ヨットが好きな彼女のパパがつけた名だ。

まほは順風にかけた帆のこと。広辞苑には「帆を正面に向け、その全面に追い風をうけて走ること」とある。漢字では《真帆》。

五、六年ばかり前の冬、東京から避びにきた息子の一家を空港へ迎えに行ったら、籐のバスケットを肩からぶら下げたヨット野郎の息子が、それをヒョイと、私に手渡してよこした。

バスケットの中をのぞきこんだら、頭巾がついた赤マントにすっぽりくるまれた小さな赤ん坊が、上機嫌で、大きな目をあけ、ニコニコと笑いかけてくるではないか。それが生後七十二日目の彼女だった。

健啖家の彼女は、七カ月目くらいから、大好きなマカロニを、手づかみでムシャ、ムシャ。表情がおどろくほど豊か。

一歳の誕生日に、可愛いい前歯が上下に二本ずつ生えたときは、笑顔が小樽水族館の人気者、ラッコの赤ちゃんみたいだった。

一歳半のとき、一家が千歳市に転勤してくると、彼女は札幌にいる私を、すっかり友だちあつかい。電話で「遊ぼう」と言ってくる。

玄関をあけると、オモチャのカメラを私に向けて、

「ハイ、ニッコリ」

帰りしなには、

「またこんど遊んであげるわね」

一歳半というのは、まだ分別がつかぬチビのはずだが、私は彼女がすでに一人前の人格をもった存在と認めざるをえない。

私の思いすごしかもしれないが、そうでなければ、ただのチビ公が、

「どういたしまして」

などと、大人びた口をきくわけがなかろう。

彼女は自己紹介もできれば、冗談も言う。

好物はエビ、茶わんむし、イクラ丼。

とある日、私が自分の皿のエビを箸でつまんで彼女に進呈すると、そのお返しに「A、B、C、D、E、F、G、……」という「アルファベットの歌」を歌ってくれた。

「A、B」を「エビ」にかけたジョーク。いやはや、なんともませたチビだ。

ちょうどその頃のことである。

私はデーヴィット・チェンバレン著『誕生を記憶する子どもたち』（片山陽子訳・春秋社）を読んだ。

幼ない子どもたちは、母のおなかにいたときのことや生まれるときのことを記憶している。ブルーンブルーンといった音がしていて、水の中にいたのだけれど、やがてトンネルを通り、まぶしくて寒いところに出てきた、みんなが歓迎してくれるかどうか、ひどく不安だった、というようなことを、彼らは語る。

「あそこにはヘビがいたの……わたしを食べようとしていたけど、毒ヘビじゃなかったのよ」

と、ある女児はヘソの緒のことを表現した。

こうした記憶は、赤ちゃんがようやく話ができるようになったころ、話題にしたがるが、残念ながら語彙（ごい）がとぼしい。

著者はこの関門を突破するため、十代の子どもたちを睡眠状態に導いて聞き出すことに成功した。

この本には、信じがたいほどに思考力も感情もそなわった赤ちゃんが描き出されている
この春、真帆の一家は札幌へ転勤してきた。

――なかむら・まほ。

ただいま六歳。ピッカ、ピッカの小学一年生である。


（一九九六・九　月刊さっぽろ）

「私のちっちゃなガールフレンド（続）」

彼女は親せきじゅうで評判の美少女だが、大へんなはにかみ屋。名前ははるか。漢字で書けば《晴日》。ヨット狂の彼女のパパがつけた名である。

あれは、たしか……まだ三歳になる前のことだが、そのはにかみ屋さんが、グランドホテルのロビーで、とつぜん「わたし、踊りたくなったわ。ここで、踊ってもいい？」

彼女が踊り出したときは、本当におどろいたものだ。

なんとも、変わった女の子であった。

その頃から、二時間も三時間も辛抱づよく遊び相手になってくれるパパの弟、つまり叔父の龍哉（りゅうや）が、彼女のいちばんの親友になった。

龍哉すなわち私の末っ子が、ニューヨークで知り合った、横浜住まいの美しいユリと婚約したのは、はるかが四歳のころ。

彼女はユリとも、大の仲良しになった。

ところが、ある日のこと、こっそり、私の耳に口をつけて、

「ユリちゃんは、ウサちゃんなの？」

「どうして？」

と、わけをたずねると、こうだった。

昨日のこと、彼女の姉のまほが、

「ユリちゃんの前歯は大きいね」

と、ユリにいったら、

「わたし、子供のとき、ウサギだったのよ」

と、ユリが応じたそうだ。

二人のやりとりをきいていたはるかは、目を白黒させ、

「じゃ、子供のときは、生のニンジンを食べてたの？」

「私は上品なウサギだったから、煮て食べてたのよ」

ユリは澄まして、そう答えたという。
その年の六月、龍哉とユリが結婚した。
当日、ホテルの披露宴で、大勢の招待客を前に、まほがお祝いの曲を演奏した。
その隣りで、はるかが、自作の祝辞を朗読した。

りゅうちゃん、ゆりちゃん、けっこんおめでとうございます。りゅうちゃん、いつもダッコや、ゲームであそんでくれて、ありがとう。おれいに、いつかあかちゃんがうまれたら、はるかがあそんであげるね。
ゆりちゃん、ぴあののがじょうずなんだってね。こんどきかせてね。いつも、さっぽろへくるときは、おかしをつくって、もってきてくれて、ありがとう。とてもおいしかったよ。きょうは、おいわいに、ディズニーのきょくをプレゼントします。きょくは、いま、まほがひいている
「ラブルー」
と、これからふたりでひく

「ハイホー」と、

「いつか王子さまが」

です。しらゆきひめのおはなしのように、りゅうちゃんとゆりちゃんも、いつまでも、なかよくすごしてね。

双眸がくろぐろと大きいおチビさんは、満場の拍手をあび、頬を紅潮させ、ぴょこんとお辞儀をした。


（一九九六・一〇　月刊さっぽろ）

「鳥人たち」

九月下旬のこと、私は朝っぱらから、郊外へドライブに出かけた。日本海へそそぐ寿都湾の朱太川（しゅぶとかわ）へさしかかったとき、ちょうど昼になった。

河原へおりて、石に腰かけ、途中で買ってきた天ムス（お握り）をほおばっていると、バシャン！と水がはねた。

〈あれッ、だれか、小石を投げたな……〉

あたりを見廻したが、人影はない。

とこうするうちに、あっちでも、こっちでも、バシャンバシャンと水しぶきが……。

川波のうねりの間から、黒い背びれがあらわれたと思うまもなく、大きな魚が跳びあがった。

鮮やかな銀のうろこが、空中に光った。

群をなして遡上する鮭を眺めているうちに、ふと、その人の姿を思い出した。

生前、ススキノの豆腐料理屋《吉甲（きっこう）》の店主で、札幌市を貫流する豊平川の「カムバック・サーモン」運動に熱心だった小島達哉のことだ。一九八一年には、海のむこうに、

《さっぽろサケの会ロンドン支部》

の看板をあげ、テムズ川のサケ回帰運動との交流の橋渡しをした。

はじめて会ったのは、一九六九年、彼がススキノのレストラン《ローレライ》を経営していた頃である。紹介してくれたのは、小島の古いパイロット仲間で、航空サスペンス・ミステリーの第一人者、作家の福本和也だ。

福本とのつきあいは、すでに四十年をこえる。

かつて甲種予科練の飛行機乗りだった福本は、私と同じく、東京・世田谷の六畳一間の長屋の住人で、懸賞小説の投稿仲間だった。お互いに結婚したての二十代。私も貧乏だったが、あっちはケタハズレ。

家財は卓袱台と煎餅蒲団が一組のみ。

冬は掛蒲団の上に古新聞を山ほど重ねて寝る。もちろん奥さんと同衾。

訪ねていくと、ふんどし一丁の福本が、新聞紙の下からガサガサと音を立て、蓑虫みたいに這い出してきて、奥さんの寝巻がわりの浴衣を剥ぎとり、自分が羽織り、「さ、遠慮しないで、上がってくれ」

と、言われても、裸の奥さんが蒲団の中でモジモジしているので、上がるわけにはいかない。

さて一方、小島達哉だが、六五年、横浜航空に在職中、札幌と紋別、中標津間の空路を開拓に来て、北海道がどこよりも好きになり、ついに会社をやめ、女房とも別れ、この地で暮らす覚悟をきめた。ときに、小島、四十二歳。この、ひたいに大きなアザがある、山羊ヒゲの小男には、なにかしら人の心をひきつける不思議な魅力があった。とりわけ印象的なのは、彼のやさしい眼だった。

やがて彼は、自分の夢をわかちあう女人を見つけた。

娘が生まれたとき、四十七歳になった小島は、こおどりした。

サッポロ・オリンピックが開催された七二年、《ローレライ》を売却し、世界中を豪遊。翌年、瀟洒なステーキ・レストラン《シャロレー》を創業。この店は、あっというまに、ススキノの名物店となったが、真っ赤なベンツで、ひとり娘を幼稚園へ送り迎えする小島そのものが、見物(みもの)であった。

七八年三月、他人の借金の保証がもとで、店をてばなす破目におちたが、十二月には、豆腐料理の《吉甲》を創業開店し、大いに繁昌した。

小島の死ぬまぎわの言葉は、こうだった。

「もう一度、飛んでみたい。ま、いつ死んでも、悔いはないが、な……」

（一九九六・一一　月刊さっぽろ）

「美貌のひと」

本誌先月号に、小島達哉について一文を草したところ、方々から連絡をいただいた。

どなたも、あの瀟洒で贅沢なステーキ・レストラン《シャロレー》を懐かしんでおられた。

贅沢といっても、値段のことではない。つくりや雰囲気のことである。

当時のことだが、真夏のある日、東京の福本和也から
「明日、午後一時ころ、貴家を訪問する」

という電話をもらった。作家の福本は、小島とは古いパイロット仲間で、日大理工学部軽飛行機班の主任教官である。

私が《シャロレー》へ夕食の予約席を手配すると、小島は、

「よっしゃ。僕がおごる」

と、気前のいいところを見せた。

ところが、当日、約束の時間がきても、いっこうに福本は姿をあらわさない。

なにやら、戸外が騒々しい。

かみさんと庭へ出てみたら、見なれぬ小型機が、超低空でわが家に接近。と、思うまに、彼方へ飛び去り、またもや二度、三度と飛来。

ハッ、と気づいた。

「福本だ!!」

手を振ったら、わかったのか、小旋回をくり返したのち、雲間へ消えていった。

小島へ報告すると、大笑いして、

「シャレたことをやるねえ」

《シャロレー》には、すてきな中年女性のソムリエがいた。姓が奥、名は久二という。

人には、それぞれに、月日がたっても忘れがたい人がいるものだが、この人も、私には忘れがたい人のひとりである。

初めて会ったのは、もう四十年近い昔、一九五九年ごろ。ところは、狸小路西三丁目角にあった有名化粧品店《だるまや》。

彼女は資生堂化粧品の美容部員で、年は十九になったばかり。涼しい目もと、形のいい鼻、細い腰……。可憐な人形みたいに愛くるしい。

青年実業家のSと結婚し、某デパート化粧品部のテナント・オーナーにおさまり、天与の美貌にいっそう磨きがかかった。

ところが、六八年、とつぜんの不幸が……。Sが、水銀鉱の採掘に失敗して倒産。金がからんだため、ヤクザにつきまとわれ、行方をくらませてしまったのである。妊娠中の彼女は、泣き泣き実家へもどったが、流産。はげしい頭痛と不眠に悩まされ、両眼が見えなくなり、回復するまでに五年を要したという。

ともあれ、私は豊満なソムリエに、

「ごぶさたしております。奥でございます」

と、挨拶されたときは、

〈まさか、あの奥久二が……〉

と、瞠目した。中年太りというのだろうか……。見違えるほど、腰まわりの肉づきがいい。

親しいつき合いが復活した。

《シャロレー》を撤退した小島は、これを機に、ガラリと変身し、純和風の豆腐料理屋《吉甲》のオーナー経営者の道をすすんだ。「女将」には、和服が似合う久二さんを任命した。

小島が死んで、《吉甲》の経営者が変わると、久二さんのような、五十をこえた、古い年寄り従業員は、リストラで追い出された。

バブルがすっかりはじけて、ススキノは不景気だった。失業した彼女は、その年の秋、こぢんまりとした居酒屋を開店した。名は《吉半》。

正月明けに、私が《吉半》へ行ってみると、シャッターが閉じたまま。

隣りの店で事情を尋ねると、奥久二は急死したという。入院してから、四日目だったそうな。

（一九九六・一二　月刊さっぽろ）

「知床のキング」

観光船が発着する知床のウトロ漁港は、岩山の下にあった。岩の割れ目に巣くった無数の海猫が、人々の弁当の食べ残しをあさった。

海猫の群れは、どこまでも観光船を追いかけてくる。白い翼が青海原を飛びかう。脚は黄色。くちばしも黄色だが先のほうは黒みをおびている。乗客があらそってカッパエビセンを高くかざすと、われがちに飛来し、滑走しながら巧みに餌をくわえ去る。ねらいは正確そのもの。生きるための日課なのにちがいない。

しばらくすると、とつぜん、どこからともなく、驚くほど図体の大きいのが、頭上へ飛翔した。まわりの海猫とは比較にならぬ圧倒的な大きさである。よくみると、胴体にぴったりたたみこんだ両脚が、鮮やかなピンク色。黄色いくちばしの先にも、紅がさしている。ああ、これは海猫ではない。カモメだ。

そいつは悠々と群れのなかを突っ切るや、乗客がさし出す餌など見向きもせず、蒼穹を旋回し、たちまち半島の断崖へ飛び去った。

——卑しい奴らめ！　どこまで人間に従うつもりだ。

カモメが軽蔑した口ぶりで、群れにそう叫んだように思った。彼のからだは眩しいほど純白だった。

わたしは感嘆のあまり、その雄姿が消え去るまで見送った。対岸の絶壁の岩肌に、金色をおびた緑のひかりごけが、一面に光っていた。

帰路、船が再びそこへさしかかったとき、私は眼をこらして、あの気位の高いカモメをさがしたが、発見できなかった。しかし、あいつはオホーツクの冬の激浪と、流氷の爪が削った溶岩の絶壁に、人間の気配が全くないこの断崖に、たった一羽で、居をかまえているにちがいない。

〈あいつは、人間になつくのを拒絶しているのだな。人間が捨てた残飯や魚のはらわたで生きることを〉

わたしは、ガン！……と一発、あたまに痛棒をくらったような気がした。

（追記　わたしがカモメの王様に出会ったのは一九九二年八月十四日です）

（一九九六・一〇　道新ＴＯＤＡＹ）

「オールド・フレンズ」

〔シュジー・ジョリボワは、カサブランカの南に小さな農場を持っており、ことのほか蜜蜂がすきだった。彼女の巣箱は印度大麻の畑の真ん中に置かれ、蜂はこの植物からしか花蜜を吸わない。これらの蜂は常時一種の陶酔状態にあって、働く気がまったくない。したがって蜜はごく少量しか生産されない〕（ロアルド・ダール『雌犬』より）

私はドクトル高山と、彼の飲み仲間の小島老人のことが、どうしても、忘れられない。彼らが亡くなってから、はや久しいが、なつかしさは、つのるばかりだ。とはいっても、私が二人の過去について知っていることは、そうたくさんはない。当地の医科大学の名誉教授だったドクトルは、かつてドイツへ留学したことがあり、小島老はかつてサラブレッドの馬主だったこと、それくらいである。

ドクトルは人も羨む偉丈夫の容貌をそなえ、長身にして上品な物腰……高い鼻……美しい口髭……静かな声……温かい慈愛にみちた眼差……ふさふさとした銀髪……。

小島老は対蹠的に丸顔の精力的な小男。見事な禿頭……いきいきとした丸い眼……。

とにかく、彼らはウマが合った。彼らがかわす機知に富んだ愉快な会話に、私は幾たび、腹をかかえさせられたことか。二人とも東西のあらゆる美酒について造詣が深かった。

私が知遇を得たころ、どちらも七十歳、年はとれども酒豪。それと、これは大きな声ではいえないことだが、ことのほか、若い御婦人が好き。つまりスケベであった。

さて、私は前回に述べた米国旅行に次いで欧州へ足を伸ばしたが、ラスベガスのスロットマシーンで手中にした大金は、税対策のためサンフランシスコに本店のあるA銀行へ預金しておいたから、英国の土を踏むや、早速A銀行ロンドン支店へおもむき、先ずは一万ドルを引き出した。

日本を発つとき、私はドクトルから、彼の旧友のミュンヘン大学・M教授あてのレターを託されていた。名前はもう忘れてしまったが、何ンとかいう、舌をかみそうなほど難しい、ラテン語の蜂蜜の依頼状だった。

「いいかね、こいつはただの蜂蜜ではない。宝石以上の値打ちがあるんじゃよ」

ドクトルの話では、蜂蜜というものは、蜂が吸う花蜜の種類によって、色も匂いも薬効も、千差万別、すべて違うのだそうな。

小島老までが、いつになく真剣な顔つきで「人助けだと思って、大切に持ち帰っておくれ。わしのホースが死にかけとる」

八週間後、私は帰国したばかりの足で、大事に持ち帰った蜂蜜をドクトルに届けた。

数日後、電話があった。

「ドクトル！　効き目はありましたか？」

「効いたとも！　ダイナマイトみたいに爆発したよ」

「よかった！　小島さんの馬は、助かったんですね？」

「な、なに、なに……？　馬だと！」

「愛馬（ホース）が死にかけていたんでしょう？」

受話器がハタと沈黙した。

と、……。

「ホースちがいだ！」受話器が叫んだ。「生きかえったのはＨＯＲＳＥではなく、わしらのＨＯＳＥじゃよ」

ああ、われながら不覚……。Ｍ教授の蜂蜜が、起死回生の媚薬だったとは！


（一九九七・七　月刊さっぽろ）

「厚田人」

定年後は、老いて、わがままに生きるのが、のぞみ、だった。

私は、朝、目がさめるや、寝床で、

〈今夜は何を食べようか〉

と考えるような、食いしんぼうだ。似た者夫婦とはよく言ったもの。妻は食いだおれの大阪育ち。私たち夫婦は夕餉(げ)にたっぷりと時間をかけ、人があきれるほどあれこれ喋(しゃべ)り、ゆっくり食べるのが常だ。

それ以外の時間は自由。寝室も趣味も別々。

ただし、仕事がからまぬかぎり、よく二人で気ままな旅に出る。

ときには、旅行社の企画を利用することもある。

先日、『三方(みかた)五湖と天橋立・小浜の国宝・名寺院めぐりと城下町（長浜・丹波(たんば)

篠山（ささやま）・出石）を訪ねて』という企画に参加した。

その旅で、石狩浜の厚田村から参加された、定年退職者の住谷忠衛さん夫妻と道づれになった。

私は以前、子母沢寛著『新撰組始末記』や『勝海舟』について書こうと、子母沢さんの故郷・厚田村のことを調べたことがあったので、話がはずんだ。話にあぶらがのると、赤銅色の住谷さんの顔は、いっそう赤味をおびた。

妻がもとの職場についておたずねしたら、

「たいしたところではありません」

と、前職を明かさない。

けじめのはっきりした、謙虚な人であった。

話が食べもののことに及ぶや、厚田でとれたハタハタのいずしがいかに旨いか、住谷さんの弁舌に、私はもうたまらなくなり、

「なんとしても食べたい。お願いします」

と三拝九拝。

再会を約した。

札幌へもどってから、執筆中の文芸批評の参考に、たまたま司馬遼太郎著『街道をゆく』（一九七九年）の北海道篇を再読したら、司馬さん夫妻が松山善三・高峰秀子夫妻と厚田村へ行った日のことが書いてある。

文中、次のような箇所に出くわし、思わずはたとひざを打った。

「村の中で、村長さんの住谷忠衛さんに出会った。頑丈な体と潮風でみがきあげたような壮齢の人で、千石船の総船頭といった感じだった」

（一九九七・九　北海タイムス）

「つわものどもの夢のあと」

ＮＨＫの大河ドラマ『毛利元就』は、いよいよ佳境に入ってきた。六月下旬放送の「尼子経久死す」はドラマの大きな山だった。残念ながら私は或る事情で、じっくり鑑賞するゆとりがなかった。

〈こんなことがあっていいものか！〉と思うようなことが起きるのが、人生だ。身内のなかで、いちばん心をゆるしてきた大阪の義弟（妻の弟）が、突然、死んだ。妻は二人きょうだいの長女で、末っ子の彼とは年齢が離れている。彼女が大学生だったころ、義弟はまだ幼い小学生だった。

六月上旬、憔悴の目立つ妻と、四十九日の法要に出かけた。

翌日、弟の家族と、遠い奥伊勢の丹生にある先祖の墓へ遺骨を納めに行った。

この山間に隠れた鄙びた村は、《お大師さん》信仰の里で、女人高野・神宮寺があり、月の二十一日には、門前の街道に弘法市（こうぼういち）が立つ。

妻の父は、眠ったようなこの静かな山里の、古い紺屋の生まれだった。

里の古刹・本楽寺が菩提寺だが、折から大修理中で、由緒ある山門も本堂も、工事用の覆（おお）いをかぶっていた。

庫裏（くり）から老女が出迎えてくれた。

「まあ、尼子先生」

と、妻がかけ寄った。昔、小学校の先生であったそうな。

このたびの修理は前回の大修理から百九十年ぶりの由。この人の長男が、ただ今の十代目の住職だという。

本堂と方丈をつなぐ渡り廊下の下から、美しい池泉回遊式庭園が、かいま見えた。

一歩ふみこむと、目の前にぱっと小宇宙がひらけた。蓮の花が咲いた池中の出島に、閑雅な茶室が、ひっそりと建っている。

書院へ通されると、襖（ふすま）障子に、代々の住職が書いたものが貼ってある。

性は、どれも「尼子」。

〈もしや……?〉

さきほどの老女に疑念をただすと、

「さようでございます。毛利に敗れた尼子の子孫でございます。志摩へ落ちのびましたものの、いつしか、そちらとも不仲になり、この地へ再び落ちのびてまいったそうでございます」

山陰出雲の月山富田（がっさんとだ）城に拠（よ）る尼子経久（つねひさ）が、八十四歳を一期（いちご）に世を去ったのは、天文十年（一五四一）のことだ。経久の不運は、子政久に先立たれ、孫の晴久には尼子の精鋭を統率するだけの器量が欠けていたことだ。経久は毛利元就や織川信長と同様、実力で旧勢力の守護大名を倒した戦国大名の雄である。守護は室町幕府の官職だが、戦国大名は権力基盤を幕府に依存しない。領地の経済力を増すことによって覇権をにぎった。

尼子の強大な軍事力の財源は、岩見銀山と出雲鉄である。

隣国の覇者、毛利元就にとって、山陰攻略は長年の夢であった。

元就が西国守護大名の雄、大内義隆に従い、最初に富田城を攻めたのは、天文十二年。経久が遺した勇猛な尼子軍団に大敗し、九死に一生を得た。

しかしそれからの元就の謀略は凄い。宿願の銀山奪取に成功したのは、永禄五年（一五六二）。ときに元就六十六歳。

毛利の財政は一挙に豊かになり、元就はそのすべてを軍事費にあて、遂に、永禄九年、七十歳のとき、尼子一族のほとんどを殲滅。元亀元年（一五七〇）には、尼子の旧臣を率（ひき）いた山中鹿之助を撃破。翌年、七十五で没した。

尼子十勇士の死とともに、赫赫たる武門を誇った尼子家は滅亡した。

私は遠く離れた奥伊勢の古寺で、一瞬、兵（つわもの）たちの夢の跡を見たような心地がした。

（一九九七・八　月刊さっぽろ）

「夫婦は老いてからが、良し」

『鬼平犯科帳』の著者・池波正太郎さんは、人生を楽しむ名人だった。そのコツの一つが、料理である。

みなさんご承知のように、この楽しみは、共に食事を楽しむ人がいれば、いっそう増幅する。

とはいうものの、今週もまた妻と買物かごをさげ、スーパーやデパートの食品売り場で、夕餉の食材をあれこれ物色している私の姿ときては、もしも泉下の父に見つかろうものなら、たちどころに、

「男の沽券（こけん）にかかわる！」

と、一喝されることだろう。

なんたって、私の一番の楽しみは、馴染みの中川鮮魚店での買物。近海でとれ

た新鮮な天然ものの魚が揃っている。見ているだけでも楽しい。

一日じゅう、雨で買物に行けないときは、日がな、わが家で、ぶ厚い『食材図鑑』や『世界のワイン図鑑』を眺めてすごす。

妻の手料理は、どケチで食い道楽の大阪人の伝統をうけついでいる。なにせ大阪人というのは、江戸っ子ならとうぜん捨てるべき残りおツユで、旨いオジヤをつくるような人種である。

彼女はタラコと大根の千一本の煮物や、北寄貝とシラタキの煮物の残り汁で、肉厚のササゲを煮る。これが滅法うまい。

やりイカの煮つけの残り汁で煮た男爵薯も、こたえられない。

だからといって、私は夫婦がなんでも同じ趣味を持つことが幸せだとは思わぬ。反対だ。

けんかはよくする。が、お互いに手のうちは知りつくしている。

だから聖域はおかさない。

（一九九七・一〇　北海タイムス）

「夜明けのアールグレイ」

作家の池波正太郎氏は、太平洋戦争が始まって、いよいよ戦場へ出ることがまぬがれなくなったとき、目をかけてくれた酒巻老人に、こうさとされた。

「正ちゃん。人間はねえ、六十の還暦を越すと、おもってもみなかった世界がひらけて来るものなんだよ」

「どんな世界なんです？」

「胸の内の自由な世界だ。長かった人生のうちで、それは、ほんのわずかな間だけれど、胸のうちが軽々となる。自分の先行きもわかって来るし、それならば、これから先、どのようにして生きていったらいいか、それがはっきりと目に見えてくる。だから正ちゃん。戦争で死んじゃあいけませんよ。いいかえ。この世に生まれたからには、なんとしても生き残って、六十を越えることだ」

私は今、当時の酒巻老人と、同じ年齢に達した。

すでに、私の先は見えている。

しかし先がはっきり見えてきたら、不思議に気持ちがおちついた。

酒巻老人の言うとおり、それは、もう、ほんのわずかな間なのだろうが、時間の奴隷からは、自由になった。

だから、いまでは、真夜中に目ざめたきり、眠られない夜も、さほど苦にならない。

時には、さまざまなかたちがあるのだ。生きる時、愛する時、死ぬ時……そして眠られぬ時も……。

さて、今夜も、そろそろベッドから出て、〈アールグレイ〉を飲み、安楽椅子で大好きな園山俊二さんの漫画を見ながら、夜明けを待つとしようか。

ペースケ、ガタピシ、ギャートルズ……。

おお、心優しき仲間たちよ。


（一九九七・一一　北海タイムス）

「あおげば尊し」

一、先生のミステリー

青春出版社の気鋭の取締役本部長兼編集長の尾嶋四朗氏は、重厚な肩書きに似合わぬ洒脱な紳士である。出身は中央大学、一九七〇年卒。

最近、この紳士が紅燈の巷・神楽坂で、子守歌がわりに新内(しんない)を聞いて育ったチャキチャキの江戸っ子だと判明。

〈道理で……〉

と、思った。

氏はいつのまに私の身上調査をやったものか、私が旧制弘前高等学校の卒業生であることを知るや、勢い込んで

「野崎先生をご存知でしょ?」

と、きた。

御存知なんてもんじゃないよ。自分で言うのはおかしいが、私は亡師の名を耳にしたとたんに、おもわず目頭が熱くなるような、いまもって一途な弟子である。野崎先生というのはフィッツジェラルド著『偉大なるギャツビー』や、サリンジャー著『ライ麦畑でつかまえて』の名譯者として名声の高い、故・野崎孝先生のことだ。

先生は戦後、一時、故郷の弘前市で教壇に立たれた。

私はまことに出来のわるい不肖の弟子だが、門下生第一号である。

ところが、尾嶋氏もまた、私におとらぬ熱心な弟子であった。

氏が中央大学に入学した頃は、反安保学生運動の高揚期で、翌年には国際反戦デー・新宿駅市街戦、安田講堂攻防戦が起き、神田カルチェ・ラタンに解放区が出現。中大も紛争に巻きこまれ、学校はロックアウト。授業はしばしば中止になった。

当時、野崎先生は中大の著名な教授であられたばかりでなく、文学好きな男女学生のあこがれの的であったそうな。

尾嶋氏やその仲間は、先生にお願いして、早朝からキャンパス近くの喫茶店・白門（はくもん）に集まり、スタインベックやヘミングウェイのゼミをやって頂いたそうな。

氏は私に意外なことを打ちあけた。

「先生は私にとって、どこかミステリアスな方でした。なにしろ、御自分の過去のことは、ほとんど語らない人でしたから」

とっさに、昔のあの事件のことが、私の脳裡にひらめいた。

鼻がツンと痛くなった。

私は氏に、こんど会ったとき、先生を渦中に巻き込んだ過去のある事件について、すっかり打ちあけようと思った。

その晩、むかしの思い出が、あとからあとから浮かんできて、暁方まで寝つかれなかった。

ヒロサキ、そこは鄙（ひな）びたちっぽけな城下町だ。

しかし、思い出がいっぱいある。

私は敗戦の翌春（昭和二十一）、中学四修で弘前高校へ入学した。十七歳だった。

東京大学英文科出身で、戦場から生還したばかりの野崎先生が教授に任官されたのも、この年である。ときに先生、二十九歳。私は教室ではじめてお目にかかった日のことを、五十年たった今も、ありありと覚えている。

真新（まあたら）しいハイ・カラーをつけた先生は、実に歯切れのいい物言いで
「今日から、私は諸君のことを、誰々さんと呼びます。諸君もどうか、私のことをそういうふうに呼んで下さい」

私たち新入生は、この日、実際に先生からさんづけで呼ばれ、一ぺんに大人の気分になった。

先生がわれわれのために選んでくださったテキストは、第一次世界大戦前後の英国のパブリック・スクールの教師のあり方を描いたジェームズ・ヒルトン著『チップス先生さようなら』（GOOD-BYE, MR.CHIPS・1934）であった。

今にして思えば、それはリベラリスト野崎孝教授自身の、これからの生き方を

示唆する小説でもあった。

二、見知らぬ人からの便り

先に述べたように、中央大学教授時代の故・野崎孝先生の愛弟子・尾嶋四朗氏が、ふと洩らしたナゾめいたひと言は、私の胸に衝撃をあたえた。その痛みは、日数を経ても、消えなかった。

亡師は過去のことはほとんど語らなかったそうだが、私は氏の言外に、

――なぜ？

――どうして？

という問いかけを感じた。

私はそのわけを、つまりあの事件のことを、氏に明かさなければならなかった。

あの事件……？

そう、関戸事件のことである。

ところが、それからまもなく、身内のなかで私といちばん気心が合う大阪の義

弟が、病魔におかされ、あわただしくあの世へ旅立っていった。私は妻と東奔西走。氏との約束を果たせないまま、年の瀬をむかえた。

明けて一月、わが家へ、全くおぼえのない人から、ぶ厚い封書が届いた。差出人は、所沢市の浅野達雄という方であった。

「新春早々、ぶしつけな手紙をさし上げることをお詫び申し上げます。大学で同期だった尾嶋四朗より、中村様のことをお聞き致しました。その折、中村様の著作も拝見し、〈星野は野崎先生にそっくりになった〉という一節を眼にし……」

という書き出しで、先生の思い出を切切（せつせつ）とつづった便箋八枚に及ぶ書簡と、そのほかに、御遺族あての長文二通（十枚と九枚）の哀惜こもるお悔（くや）み状の写し、亡師の絶筆原稿や逝去の新聞記事などのコピー、その外に亡師のお骨を納めた富士霊園の墓地案内図。さらに三回忌に墓参したときの写真三枚が、同封してあった。

読みすすむにつれ、私は涙をこらえきれなくなった。

この人の師を思う熱い思いにくらべれば、私などは忘恩の徒にすぎない。

恥じいった。

浅野氏の目にとまった拙著というのは、著名なイタリア経済史家のわが友、星野秀利（フィレンツェ大学、ボローニャ大学兼任教授、故人）の数奇な生涯を描いた小説『アイドルの人』のことである。

イタリアに留学して星野に師事した信州大学・斎藤寛海教授は、手記のなかで、星野が弟子にたいし、いかに親切で根気のいい、行きとどいた恩師であったかを詳述し、「まさに理想の教師であった」と結んでいる。

私はこの言葉から、とっさに、

「昔、星野とわたしが弘前高校で学んだ恩師の野崎孝先生の顔を思い浮かべた。〈星野はとうとう野崎先生そっくりになったのだな……〉と、わたしは思った。野崎先生は理想の教師だった。今でも、わたしは時々、先生に逢いたくなると、先生訳のサリンジャー『ライ麦畑でつかまえて』の頁をめくり、先生の口調をなつかしむことがあるが……」（一九九四・未来社刊の拙著『古い日々』収録『アイドルの人』より）」

浅野氏の手紙にある〈星野云々〉は、右の一節をさす。氏の手紙はこう続いている。

「私どもが中央大学英文科に入学したのは昭和四十一年です。クラスの担任と語学演習を担当されたのが、野崎先生でした。私が十九歳、尾嶋が十八歳。先生は当時、五十歳ではなかったかと思います」

氏は、弘前高校教官を辞してからの思師の人生を、つぶさに手紙で伝えてくださった。

思えば、私がお別れしたとき、師は三十三歳……。

だが……。

〈ああ、先生はあの頃と少しも変わっておられぬ〉

私は内心、思わずそう呟いた。

三、青い山脈

あの頃、……そう、敗戦後の、なにもかも、おそろしく貧しかった頃、われわれ旧制高校の寮生は、ひもじさに呻吟（しんぎん）しながら、ひたすら本に没頭した。

初めて習ったドイツ語のテキストは、小島尚先生の授業の『アルト・ハイデルベルグ』（ALT HEIDELBERG・1901）だった。

美しい大学都市ハイデルベルグに留学した若い皇太子ハインリッヒと、愛らしい娘ケーティとの出会い、恋、そして別離……。つかのまの青春の哀歓を描いたマイヤー・フェルスターの戯曲は、われわれ新入生の心をとりこにした。

英語の滝沢敏雄先生のテキスト、ハドソン著『はるかな國　とおい昔』（FAR AWAY AND LONG AGO・1918）の、どこまでも続く、あのアルゼンチンの大草原で育った著者の美しい回想記のことも、忘れられない。

十二月、私は栄養失調のため、病気（心臓脚気）が再発。休学して入院せざるを得なくなった。

翌春、留年した私を、野崎先生は温かく迎えてくれた。どんなときにも快活さを失わない、恩師の特徴のある声を聞くと、嬉しさがこみ上げた。

私は同期の友より進級が一年遅れたが、同期の誰よりも長く、恩師の謦咳（けいがい）に接した。師は少年みたいにシャイで、粋で、そのうえ親切であった。私は卒業するまでに、学問だけではなく、言葉づかいや礼儀から、酒の飲み方、蕎麦や鮨の食べ方、なにからなにまで、すっかり教えていただいた。

　さて、そろそろ恩師の後半生に深いかかわりをもった人のことを、語らねばなるまい。

　私が復学した年、東大哲学科出身の関戸嘉光先生が着任された。先生は旧制東京府立四中、一高文丙を終えて東大へすすんだ白皙（はくせき）の思索家であった。大学では恩師の一年先輩、専攻は瞑想録（『パンセ』）を著したフランスのパスカル（十七世紀の哲学者・数学者・物理学者）だという。

　私は直接には一度も授業をうけたことがないので、二年生になっても面識がなかった。

　この人に私を紹介してくれたのは、恩師である。

「こいつは作家志望でね」

と恩師が紹介して下さると、関戸先生は何か面白い動物でも見るような目で、

「小説家の卵か」

と私の顔をのぞきこんだ。

優しい目だった。

この痩身の、瓢瓢たる東京人は、学生寮のがらんとした来客用の広間に、梟(ふくろう)みたいに巣くっていた。いつ遊びに行っても、ごろんと横になって、本を読んでいるばかり。なんとも風変わりな人であった。

「いったい、先生は何者か?」

私が意地の悪い質問をしたら、嬉しそうにニヤッと笑みを返して、

「オブローモフかな……」

何のことかさっぱりわからない。

野崎先生に尋ねたら、岩波文庫の、ロシアの作家ゴンチャロフの小説『オブローモフ』(1859)を貸して下さった。

オブローモフというのは、帝政末期ロシアの教養あるインテリゲンツィアだった。高い理想を口にしながら、自分からは何の行動もしない。情熱的な少女オリ

ガの純な愛にたいしてさえ、こたえようとしない。怠惰と無為のうちに空しい生涯をおえる。

この小説は当時のロシアの知識人に共通な気質をみごとに描ききった傑作だった。

話はかわるが、この年は弘前市で、映画『青い山脈』（原作・石坂洋次郎、脚本・演出・今井正）のロケがおこなわれ、われわれ弘高生はエキストラで出演した。

映画が封切られたのは翌年の七月だが、公開前の三月には、

〽若く明るい歌声に　雪崩（なだれ）は消える　花も咲く……

という主題歌が発売され、軽快なメロディーが町じゅうに流れた。

アメリカにイメージされる自由でおおらかな民主主義が、いっせいに花ひらいた印象をあたえた。

これが、私が三年生になった一九四九年という時代の雰囲気であった。

誰ひとり、あの暗い事件の日が刻々と近づいていることに、気づくものはいなかった。

四、落日の旧制弘前高校

事件は突然やってきた。

レッド・パージである。

休暇明けの四月、関戸先生が学校を追われた。

折りしも弘前市は、市制施行六十周年を記念する様々な催しに沸きかえっていた。

私は春休み中、ずっと図書館にこもり、地元新聞社主催の記念懸賞論文にかかりきりで、先生にお目にかかる機会がなかった。

私がやっとこさ、「石坂洋次郎作『若い人』論」を書きあげたときは、春爛漫。ストーム好きな寮生仲間に……ストームってのは学生のバカ騒ぎのことなんだが、さそい出され、高校生活最後の花見に酔い痴れている間に、春は更(ふ)けていった。

今年の観桜会は例年になく悲壮感がただよった。

これにはわけがある。

この年は新制大学発足の年であった。旧制高校は、われわれの卒業とともに廃校となる。旧制大学も、明春の入学生をもって打ち切られる。恩師の先生方も、散り散りばらばらに、いずこかの大学へ就職先を求めて去らなければならない。私たちの後輩はすでに新制大学に編入させられていた。

そういう年であった。

関戸先生が共産党へ入党したのは、冬休み中のことらしかった。

先生の心中にどんな変化があったのか、私にはわからぬ。

先生は自分の中のオブローモフと決別したかったのではあるまいか。

戦争中、憲兵隊によって、義兄（京大助教授）を獄死させられた先生は、左翼に同情なり理解なりをお持ちではあったが、どちらかというとのんきな文学派、情緒派であった。

四月末、突如、校長から、関戸先生への辞職勧告が教授会に提案された。

あとでわかったことだが、その少し前に、アメリカ占領軍教育担当官が校長を訪れている。

この提案にたいして、その場ではっきり反対をとなえられたのは、野崎先生お一人だけであったと聞く。

校長支持派の三、四名の教授が、呆気（あっけ）にとられている大多数の教授を尻目に、勧告を承認した。

翌日、学生自治会は「勧告反対」の無期限ストを決議した。

これが、いわゆる「関戸事件」である。

恩師が勧告に反対されたのは、関戸先生への、単なる友情からではない。もちろん左翼への同情からでもない。

師は本物のリベラリストであった。

余談になるが、弘高の先輩の一人に、校内の社会科学研究会（通称・社研）の初代リーダーで、昭和五年の武装共産党大検挙で逮捕された田中清玄氏（日本共産党中央委員会委員長）がいる。

社研は戦時下に壊滅させられたが、一九四七、八年ごろ再建され、二十名ほどのメンバーを擁していた。

師は常日頃、

「田中清玄という名前だけでも、屈折した釈然としない思いがまとわりついています」

と言って、左翼と一線を画してこられた。

恩師が勧告に反対されたのは、なによりも、学問と思想の自由を重んじられたからであった。

二年生のときのことだが、忘れられない思い出がある。その日のテキストは、D・H・ローレンスの小説だった。誰かが、わざと『チャタレー夫人の恋人』について質問した。恩師は少し顔を赤らめ、思想の自由をじゅんじゅんと説かれた。教室の誰しもが、強烈な印象をうけた。

さて、私が応募した市制六十周年記念懸賞論文は、幸運にも、一位に入選した。一番よろこんでくださったのは、恩師である。

恩師は明春、一橋(ひとつばし)大学の教授に任官されることに内定しておられた。

その年の冬、奥様が幼女を連れて、一足先に上京された。

校長は、この日まで、ひそかに報復の機会をねらっていたものと思われる。彼は一橋大学から学校宛に送られてきた転出承諾書の末尾に、一筆、こう記入した。

――本人は過激分子なり。

恩師は路頭に迷うことになった。

五、ライ麦畑でつかまえて

同盟休校がはじまった頃、私はドイツ語の小島尚先生の手びきで、戦前の新興俳句運動に興味をもち、先生のお宅に入りびたっていた。

授業はサボったが、それはストとは関係がない。

先生は牧師の家に生まれ、かつては人生探求派の句誌同人として活躍された由。左翼には同情的であった。

私の興味は行きつくところ、しぜんに無季俳句へ向かい、夭折した篠原鳳作の絶唱――

「しんしんと肺蒼(あお)きまで海のたび」

という一句を知ったときは、からだがふるえるほどに感動した。

小島先生も、校長にマークされた一人である。

同盟休校は、結局、目的を達成できなかった。三年生のみ約二百名の自治会は、二割近くが懲戒処分をうけた。第一次処分――放校二名、無期停学八名（うち一名は後に放校）。第二次処分――無期停学十六名、その他九名。惨憺たる結末を迎えた。

六月なかば、闘争委員会は解散した。自治会で戦術転換の提案をしたのは、無期停処分中の高野斗志美君（現・三浦綾子記念文学館館長）だったと記憶している。

野崎先生や小島先生は、ご自分の将来のことより、処分された教え子たちの行く末を案じられた。ただただ若い子弟をいとおしむ気持ちから発したことだった。

年が明け、大学入試が近づいた。

私の心は、すでに、恩師が任官される一橋大学へ進学することにきまっていた。

だから、師がいつになくきびしい面持ちで、次のように話を切りだされた時、目の前がまっ暗になった。

「僕にはかまわず、もっと自由に生きることだ。いつかは、君も僕のことを、ものたりない人間だとさとる日がくるだろう。しかしそれこそが、僕にたいする恩返しだよ」

〈とうとう先生に捨てられた……〉

無性にさびしかった。

小島先生にことの次第をうちあけると、

「バカだね、君は。野崎先生を恨んじゃいけないよ。先に生まれた人をのり超えることが、あとに生まれてきた者の使命だ。いつか、超師の機がおとずれる」

私はそのとき、まだ、恩師の前途に、一橋大学教授への門戸がとざされていたことを知らなかった。

私が新宿の書店で、野崎孝譯『偉大なるギャツビー』（研究社・1957）を見つけたのは、お別れしてから七年目のこと。

頁をめくったら、なんと！懐かしい恩師の口調がそのまま。

発売早々から名譯と絶賛され、後に『グレート・ギャツビー』（新潮文庫・1974）と改題、今もなお驚異的増刷を重ねている。

恩師が名譯著の評価をさらに不動のものにしたのは、永遠の青春小説『ライ麦畑でつかまえて』（白水社・1965）の邦譯だった。

主人公のホールデン少年は、大人の偽善や因習にはげしく反発し、ひんしゅくすべき野卑な言葉をまきちらす。大人の眼には、「クレージー」としか映らない。要注意人物だ。

それ故にこそ、世界じゅうの若者に愛され、国境をこえたロングセラーとなった。

〔近頃のアメリカの小説で何か面白いものはないかと訊かれたら、僕なら、真っ先にサリンジャーのこの作品をあげるだろう。〕

恩師が一九六四年十二月付けで、初版の「あとがき」にこう書いてから、すでに三十四年たった。

野崎譯は本年三月現在で累計百九十二万部。九〇年代に入ってからも、高校生や大学生にくちコミで読み継がれ、売れ行きは年間十万部をこえる。

六、ありし日の面影

先述した浅野達雄氏（現・中大杉並高校教員）が中央大学へ入学されたのは、恩師の『ライ麦畑でつかまえて』出版の翌年、一九六六年のことである。氏の手紙から、この当時の恩師の横顔をしのぼう。

「当時の中央大学英文科の先生は、中野好夫、野崎孝、西川正身、朱夏田夏雄、吉田健一、磯田光一、山田和男諸先生ほか、誠に素晴らしい学識をお備えの教授ばかりでした。（中略）大学一年生の後半は、全共闘運動がまっさかりの時代でした。私と尾嶋と星野孝行君（現・中央大学理工学部教授）、矢崎正夫君（現・武蔵野女子大学教授）らが中心となり、野崎先生にお願いして、毎週一度、早朝八時から、お茶の水の喫茶店・白門（はくもん）で、自主ゼミをひらきました。

先生は毎回、タクシーをとばして来て、ヘミングウェイやサリンジャーの作品にたいする我々の青くさい批評を丁寧に聞いて下さいました。ときには、独りよがりの見解を、こっぴどく叱られたこともあります。

たまに遅れてこられたときは、青白い顔で、

（きっと明け方まで机に向かっておられたか、飲み会だったのでしょう）

『今日はコーヒー代を払いに来た』

と、すまなそうに、おっしゃるのでした。

（そういえば、白門のコーヒー代は、全部、先生が払って下さいました）」

「学園紛争中のことです。文学部事務室の前で小ぜりあいがありました。先生はどうしたものかというふうに、うしろに手を組んで、悲しげに去って行かれました。（中略）私は偶然、駿河台の通りを、寒そうにポケットに手をつっこみ、重そうな鞄をかかえて登ってこられる先生に会いました。私と眼が合うと、

『おう、浅野！』

と、本当に嬉しそうな顔をされ、

『どうだ、ビールを飲みに行こう。つきあえ！』

トットと先に立って歩きだされました。

『よく神田の蕎麦屋や、湯島、新宿の小料理屋へ連れていって頂きました』

『オレは英語の教師としては、お前達のいい先生にはなれなかったが、酒の飲み方なら、師匠と呼ばれてもいいかな』

とおっしゃった時の、先生の笑顔が忘れられません」

「その後、家庭の事情で大学院を退学した私が、御自宅へ電話でそのことを報告すると、

『すぐに会いたい。荻窪駅前へ来い！』

と、それこそ本当に飛んできて下さり、駅前の飲み屋の二階で、三時間以上も、私の将来について相談に乗って下さいました」

荻窪駅前を指定されたのは、恩師のお住まいが近くだったからだろう。

浅野氏の便りは、私がお別れして以来の恩師の日常を、つぶさに伝えてくれた。

最後に、氏の手紙は、恩師の三回忌に、旧友・尾嶋四朗氏と二人で、冨士霊園（静岡県駿東郡小山町大御神）へ一泊旅行した日のことを、こう綴ってあった。

「昔のお元気だった頃の先生に、悪戯（いたずら）小僧二人が会いに行くつもりで、（不謹慎

な言い方かもしれませんが）楽しみな気持ちで、お墓参りをさせて頂きました。本当に先生らしいお墓でした。「野崎家」という三文字を刻んだだけの、質素で淡々としたお墓でした。

『おい、花とか、お線香とかそなえたら、怒られるかな？』

『いいよ、やっちゃえ、やっちゃえ』

用意してきたお花を墓前にそなえ、お線香を派手にくべ、お好きだった日本酒をお墓にそそぎ、

『先生は、また馬鹿が二人きやがったと、地下で笑ってらっしゃるだろうな』

二人で顔を見合わせ、泣き笑いしました」

恩師が亡くなられたのは、一九九五年。享年七十八であった。

七、ある五月の朝

私は六十二で長いあいだ勤めていた会社を辞めた。役員室から私物を自宅へ運び去るときはさびしかったが、感傷にふけるつもりはなかった。私に残されてい

る時間は、たんとあるわけではない。

まもなく……、その年（一九九一）の夏のことだが、辛口の批評家・鷲田小彌太氏（札幌大学教授）が、

「うちの雑誌に何か書かないか」

と誘ってくれた。氏は当時、地元、札幌の月刊誌「北方文芸」の編集人の一人だった。

同誌十二月号に、イタリアで客死した数奇な経済史家・星野秀利のことを書いた。『アイドルの人』という作品がそれだ。

〈アイドル〉というのは、私と星野が旧制函館中学時代に出した同人誌の誌名である。

それが思いがけない反響をよび、未知の方々からたくさん手紙をいただいた。法政大学・西村閑也教授をはじめ、星野と同じ東大経済学部出身の方が多かった。

あい前後して、財団法人名古屋大学出版会の後藤郁夫という方から便りが届いた。

「（前略）北海道大学の長岡新吉教授が、中村さんの『アイドルの人』のコピーを送ってくれました。私は星野さんの生きざまに感動しました。あなたには無断で、友人知己にコピーを送りました。おゆるし下さい」

長岡教授にも面識はないが、おかげで星野を敬愛する大勢の学者と知り合いになった。

何より嬉しかったのは、東京世田谷の玉川台にお住まいの関戸嘉光老先生から連絡を頂戴したことだ。先生を通じて、恩師・野崎孝先生とのご縁も復活した。続いて私が畏友・長谷川慶太郎や、大学時代に私の人生に深くかかわった仲間たちについて書いた『阪大新聞編集部卒』は、「北方文芸」一九九二年六月号に掲載された。それが、いまは故人となられた未来社会長・西谷能雄氏の目にとまり、『函館空間の物語』という作品と三篇を集めて、二冊目の作品集『古い日々――さる日、さる人、さる街の』として日の目を見た。

私はいの一番に、恩師に敬贈した。

師はすぐ返事を下さった。

「『古い日々』の御恵投、ありがとう。たいへん興味深く読みました。君の言う往年の『理想の教師』には、あの作品全体が構築する文学空間もさることながら、中に出てくる構築材料の中に忘れがたいものが少なくありません。あの谷譲二のことなど初めて知りました。函中の出身とは！〈中略〉それから函館オーシャンの、あの坐ったままでセカンドに矢のような送球をしてランナーを射した久慈次郎選手。でも圧巻は阪大新聞編集部の諸君の濃密な交友関係でしょう。長谷川慶太郎氏、その他の人物像も甚だ魅力的に拝読しました〈後略〉」

ああ、私はあの手紙を頂戴したとき、どうして、すぐに恩師に会いに行かなかったのか！　くやんでも、くやみきれない。私は筑摩書房から翌春出版予定の、新書の執筆に追われていた。その年が暮れた。

五月のとある朝、八十一歳におなりの関戸先生から速達が舞い込んだ。

「野崎孝君が逝去されました。五月十二日、午后四時四〇分、虎ノ門病院で、入院一ト月半で、病名は肝不全でした。小生にとって、立っていられないほどの衝撃でした。昨秋は、あなたの『理想の教師』など話題にして、愉快に元気に酒をくみかわしたのに……。何ということだ！」
私は遂に、恩師にお目にかかる今ひとたびの機会を、永久に失ってしまった。

（「月刊さっぽろ」一九九八年一月号より九月号まで連載）

「妻からの自立」

私は週末の特別な趣味の楽しみ方を知らない。休日になると、日ごろは別々に住んでいる息子たち夫婦が、それぞれ子供たちを連れて、古巣のわが家へ集ってくる。食卓を囲み、にぎやかに食べて飲んでしゃべって、みんなの話を聞く。食卓はコミュニケーションの場。こんな日常生活そのものが、私の楽しみなのである。ほかの日は、日中、女房と顔をつき合わせていることなど、滅多にない。

人は個人としても自己を実現したい動物である。独りでどこへでも自由に行きたい。人生には、旅行、交遊、スポーツ、蒐集(しゅうしゅう)、読書、古地図散歩、音楽、レトロ・ホテル探訪など、自分を充足させてくれるものが、なんとたくさんあることだろう。

昔は映画狂だったが、いつの頃からか無性に美術品が見たくなった。念願の特別展ともなれば、もう、こらえきれない。なんとか金を工面し、札幌を飛び出す。
昨年は『甲斐庄楠音展』（京都国立近代美術館）と『日本のかたな——鉄のわざと武のこころ——』（東京国立博物館）のときが、そうだった。京で見た妖しい裸婦図はゾクゾクするような大正デカダンスの極致。上野の森では聖徳太子の佩刀（はいとう）・国宝「丙子椒林（へいししょうりん）」、同「七星剣」や、酒呑童子を退治したという伝説の名刀「童子切安綱」の無類の精妙さに息をのんだ。

私は家庭に縛られたくない。

うちの女房も私に劣らず自由気まま。

おたがいにこういうライフスタイルを選択できたのは、私が女房の助けを借りなくても、食べる、着る、買う、日常生活のたいていのことは、自分でできるからにちがいない。

男は妻から自立しなければ、自由の身にはなれない。

（一九九八・一　北海タイムス）

「鯨汁としぐれ煮」

子供の頃、母が夜なべにつくってくれる鯨汁は、正月に欠かせない食べ物だった。あざやかな黒白の皮と肉、竹の子、わらび、ぜんまい、こんにゃく、焼豆腐、菜っ葉など、ぐつぐつ煮える鍋から、うまそうなにおいが、台所中に匂った。

母といったが、実は、継母である。実の母は、私が六つのとき、二十七で亡くなった。私は子供心にも名伏しがたいかなしみにおそわれ、心ががらんどうのまま、実母より若い義母と、一つ家で暮らすことになった。二歳下の弟は、新しい母にたちまち懐いたが、私は反発した。

母は若い身空で、どんなに胸を痛めたことであろう。

ずっと後で知ったのだが、母は最初の夫と死別したばかりだった。夫は新婚まもなく、昭和九年の函館大火で焼死したのだという。周囲にすすめられ、子連れの私の父と再婚したのだそうだ。母は不孝者の私になんらむくいられることなく、この世を去った。鯨汁もまた、幻の味となってしまった。

幻の味は、もう一つある。

私の女房は、小さい時から虚弱体質。三度の食事は、母親が付ききりで世話をやいた。だから、娘が飲ん兵衛の私と結婚するため、遠くへ行くと言い出した時は、気の毒なほど、行く末を案じた。なにしろ、飯の炊き方ひとつ心得ぬ箱入りであった。

正月が近づくと、義母は極上の松坂牛と蓮根のしぐれ煮をつくって、私たち夫婦が暮らしている東京へやってきた。濃い牛肉の味が、蓮根といっしょに噛むたびに、口のなかで変化していく。時雨のように通りすぎていく味は、格別のおもむきがあり、絶品であった。

義母のしぐれ煮は、正月がくるたびに、わが家の食膳をにぎわした。早いもので、今年はその母の十三回忌になる。

（一九九八・五　北海タイムス）

「B級グルメ考」

「B級グルメ」

という人種がいる。

もっぱら値段の安い食い物、まあ、ブタの生姜焼とか、ロールキャベツ、ラーメン、焼きそばなんか食べ歩いて、

「ウーム。この店は、味はA級、値段はB級！」

などと大真面目。

どうか、笑うなかれ。ふところのさびしい、いやしん坊のひそかなる楽しみなのである。

実は、私もその手あいである。

しかし卑下はしない。

私の考えでは、そもそもＡ級とかＢ級というのは、料理の質のランクづけではない。ジャンルの違いである。Ａは懐石料理やフランス料理のたぐい。つまりフルコース料理。Ｂは親子丼とかオムライスとかカレーライスといったアラカルト。ＡＢの価格差は、ジャンルが違うのだから当然のことだ。

京都丸山の懐石割烹〈菊乃井〉は京都を代表する料理旅館である。私と女房が十年前にはじめて泊まった夜の料理は、ご主人の長男・村田吉弘氏〈木屋町店主人〉の献立。調理は大谷料理長。何から何まで、本当に満足させられた。

ところが、である。

こともあろうに、村田さんの昼食は、降っても照っても、近所の店の親子丼かオムライスか支那ソバだそうな。これが一番おいしくて飽きないというのだから、いやはや！

三重県賢島の〈志摩観光ホテル〉を全国的に有名にしたのは、料理長の高橋忠之氏である。

お客の大部分は、この人のフランス料理を食べたいがためにやって来る。

はじめて行った日のフルコースのディナー・メニュー（高橋さんの署名捺印入り）は、今も私の宝物だ。

しかし、である。私が最も推奨したいのは、ここのシーフード・カレー。これは文句なしにうまい。日本一！

AでもBでも、うまい料理はうまい。

（一九九八・六　北海タイムス）

「名曲秘話」

先日、むかし私が学んだ旧制函館中学（現・中部高校）の札幌支部同窓会に、ゲストスピーカーとして、王将、棋聖などのビッグ・タイトルをもつ日本将棋連盟会長の二上達也氏をお招きした。私は事前に、二次会で氏をもてなす役を振りあてられ、正直なところ、頭をかかえた。

氏は昭和二十五年卒の後輩だそうだが、情けないことに、私は将棋にくわしくない。

だから話題が思いつかない。

昔、私の母方の祖父・嘉吉（土木業）は、気がきかない人をののしるとき、よく「この唐変木め！」と怒鳴ったが、私もそのとうへんぼくの一人なのである。

しかし当日、講演を拝聴するにおよんで、私の心配が杞憂（きゆう）にすぎないことをさとった。

「カラオケは嫌いではないが、『王将』は照れくさくて歌えません」

とか、

「昔から伝わる将棋美談や伝説は、おおかたがフィクションです」

などと、実にざっくばらん。

それから一週間ほど後のこと、ＮＨＫテレビ番組『名曲秘話・そして歌は誕生した』を観た。まっ白な坊主頭の村田英雄老（失礼かな……？）をめぐって、演歌・王将の誕生苦労談が展開する。

おことわりするが、坂田三吉翁の苦労談ではない。

作詞・西条八十、作曲・船村徹、そして歌手・村田英雄、以上の御三方の苦労談である。

なにせ、三人が三人とも、将棋をやったことがないのだそうだ。門外漢なのである。

歌詞は三番まであるが、亭主関白の西条先生の本音は、その中のたったの二行、

〽愚痴も言わずに女房の小春
　つくる笑顔がいじらしい
この二行だけとか。
なんと、先生の奥様は名が春子だそうな。

（一九九八・七　北海タイムス）

「どろ亀さんの涙」

先日、旧制弘前高校の同窓会（札幌おおとり会）で、久しぶりに、先輩の、どろ亀さんこと高橋延清さんにお目にかかった。

どろ亀さんは今年八十四歳におなりである。

赤い帽子をかぶり、古ぼけたリュックを背負って会場へ姿を現わしたどろ亀さんは、例によって、もう酩酊しておられる。

「猫にマタタビ、どろ亀さんにアルコール」

とは、御本人の弁である。

素性を知らない方は、とてもこの酔っぱらいの爺ッちゃま（オッと失礼！）が、東大名誉教授の世界的森林学者とは想像つくまい。

かつて昭和天皇に御進講申し上げた折も、ウイスキーをひっかけての御進講だったというから、この人の酒は天下御免である。

そうそう、私はどろ亀さんから、この日、高橋四兄弟（どろ亀さんは次男）と一族の痛快な活躍を描いた評伝『天下御免』（福来保夫著）という本を頂戴した。

どろ亀さんは見開きに、

『いかったな……。お目にかかれて。中村嘉人様恵存』

とサインをしてくれた。

津軽弁で「良かった」は「いかった」だ。

私は平成八年に放映されたＮＨＫテレビ『四人の老童子』という番組で、常識や権威に屈することなく、自分の信じる道を生きぬいた四人の男たちの感動的な物語を知ってはいたが、この評伝を読むまで、直木賞受賞の推理小説作家・高橋克彦氏がどろ亀さんの甥（おい）だとは知らなかった。

同窓会のしめくくりは母校の校歌合唱だった。私はどろ亀さんと肩を組んで唄った。

歌調の結びはこうだ。

見よ見よ　文明　すすみてやまず
青春　わが身に　ただ　この一度。
どろ亀さんの眼から、みるみる大粒の涙がこぼれた。

（一九九八・八　北海タイムス）

「五十四回目の敗戦の日に」

「どろ亀さん」こと高橋延清氏は、私が尊敬してやまない旧制弘前高校の先輩である。今年八十四歳におなりだ。

どろ亀さんは東大教授を退官されるまで、一度も教壇に立たなかった。三十六年間、北海道富良野の東大演習林に住みついて森林を研究。人間による森の再生法を確立した世界的な森林学者である。

どろ亀さんはやさしい言葉で、年寄りや子供にもわかる詩を書いた。

「森の世界」という詩は、こういう詩だ。

森には
何一つ無駄がない

植物も　動物も　微生物も
みんな　つらなっている
一生懸命生きている
一種の生きものが
森を支配することの
ないように
神の定めた
調和の世界だ
森には
美もあり　愛もある
はげしい闘いもある
だが
ウソがない

（『詩集　どろ亀さん』緑の文明社・昭和63刊より）

調和が破れれば植物も、動物も、微生物も、生きものはみんな死滅する。どろ亀さんは結びの一行できっぱりと、こうさとす。

「人間だって生きものの一つなんだ」

私はこのひと言から、ずっと昔に読んだ、大関松三郎の土の匂いがする詩を思い出した。

松三郎は昭和元年、新潟県の貧しい農家に生まれた。七人兄弟の三男坊。小学校を卒業するとき、六年生のときに書いた自分の詩二十三篇を集めて自分で詩集をつくった。それが戦後『詩集　山芋』（寒川道夫編・百合出版・昭和26刊）として世にでた。「みみず」という詩はこうだ。

何だ　こいつめ
あたまもしっぽもないような
目だまも手足もないような
いじめられれば　ぴちこちはねるだけで

ちっとも　おっかなくないやつ
いっちんちじゅう　土の底にもぐっていて
土をほじっくりかえし
くさったものばっかりたべて
それっきりで　いきているやつ
百年たっても二百年たっても
おんなじ　はだかんぼうのやっ
それより　どうにもなれんやつ
ばかで　かわいそうなやつ
おまえも百姓とおんなじだ
おれたちのなかまだ

はじめてこの詩を読んだとき、涙が出たが、いまも私の思いはかわらない。なんといういたましい百姓の歌だろう。

もう一つ、「虫けら」という詩を紹介する。

一くわ
どっしんとおろして　ひっくりかえした土の中から
もぞもぞと　いろんな虫けらがでてくる
土の中にかくれていて
あんきにくらしていた虫けらが
おれの一くわで　たちまち大さわぎだ
おまえは　くそ虫といわれ
おまえは　みみずといわれ
おまえは　へっこき虫といわれ（略）
おれは　人間といわれ
おれは　百姓といわれ（略）
おれは　おまえたちの　大将でもないし　敵でもないが

おれは　おまえたちを　けちらかしたり　ころしたりする
おれは　こまった（略）
だが虫けらよ
やっぱりおれは土をたがやさんばならんでや（略）
なあ
虫けらや　虫けらや

人間だって生きものの一つなんだ。人間のいのちも、虫けらのいのちも、いのちであることにかわりはなかろう。私は虫けらに手を合わせて詫(わ)びている少年松三郎に、泣けてくる。

昭和十九年、海軍通信学校を出た大関松三郎は、マニラ通信隊へ赴任の途中、南海で米軍の雷撃をうけた艦と運命をともにした。ときに、十九歳。

（一九九八・一〇　月刊さっぽろ）

「遊歩の生涯」

誰しもおぼえのあることだろうが、奇妙に忘れがたい人っているものだ。私にとって、作家・永井荷風の友人、神代帚葉が、そういう人である。

帚葉翁は荷風のまたとない同好の士だった。生涯、遊歩の人であった。

荷風もまたそうだ。彼は日記『断腸亭日乗』に、

「震災の頃より（略）孤眠の清絶なるを喜ぶやうになりぬ（略）然りといへども淫欲もまた全く排除すること能わず。これもまた人生楽事の一なればなり（略）蜀山人が『擁書漫筆』の叙に、清人石龍天の語を引き、人生に三楽あり、一には読書、二には好色、三には飲酒、この外は落落として都（すべ）てこれなき処。といいしもことわりなり」

と、心情を吐露したが、もう一つ、彼の大いなる人生楽事から抜くわけにいか

ないものがある。

　街歩きである。

　大正三年発表の『日和下駄』は、日和下駄をはき蝙蝠傘を手にした荷風が、独自な角度から東京の街の風物を観察して歩いた貴重な遊歩記録だ。又、大正六年（三十八歳）から昭和三十四年（八十歳）まで書きつづけた日記『断腸亭日乗』は、銀座、玉の井、浅草の優れた観察記録だ。

　灯ともしごろになれば、山の手の隠れ家・偏奇館をぬけ出して「陋巷」を遊歩し、夜更けにもどるというのが、死の直前まで変わらぬ生活パターンであった。

　荷風は『墨東綺譚』の「作後贅言」で、大抵毎晩のように銀座尾張町の四ツ角で出逢った奇人・神代帚葉の面目を、あますところなく伝えている。

「帚葉翁はいつも白足袋に日光下駄をはいていた。その風采を一見しても直に現代人でないことが知られる」

　日光下駄というのは栃木県日光から産する角丸形の表が竹の皮製の駒下駄のこと。

「『墨東綺譚』はもし帚葉翁が世に在るの日であったなら、わたくしは稿を脱するや否や、直に走って、翁を千駄木町の寓居に訪いその閲読を煩さねばならぬものであった。何故かというに翁はわたくしなどより、ずっと早くから」土地の地理や事情に通暁していたからだという。

帚葉の生涯は不遇だったが、

「けれども翁は深く悲しむ様子もなく、閑散の生涯を利用して、震災後市井の風俗を観察して自ら娯しみとしていた」

奇人の荷風をおどろかせた大奇人・帚葉の最期は、こうだ。

「翁と交るものはその悠々たる様子を見て、郷里には資産があるものと思っていたが、昭和十年の春俄に世を去った時、その家には古書と甲冑と盆栽との外、一銭の蓄もなかった」

ご承知のように、荷風はそれから二十四年後、市川市八幡に建てた家で亡くなった。死体はズボンをはいたまま、ふとんにうつぶせになっていた。つねに大金を入れて持ち歩いたといわれるボストンバッグが枕もとに置いてあった。この中に預金通帳や現金が入っていた。当時の新聞は合計二千五百万円と報じている。
山田風太郎著『人間臨終図巻』によれば、
「新築して二年目の家なのに、六帖の居間は掃除婦もはいることを禁じられていたため、蜘蛛の巣だらけで、安物の手あぶり火鉢、炭籠、ボストンバッグ、埃まみれの書物が散乱しているという状態であった。（略）荷風の遺産は当時の金で二千三百数十万円（この年の大学卒・公務員初任給は約一万円）。しかし十二坪の安普請の家に、衣類家財道具は一切皆無であった」

荷風の所持金は、現今の金にしたら、ざっと四億円強だろう。

私が、荷風の死を報じた新聞記事を読んだとき、とっさに思い浮かんだのは、神代帚葉の最期だった。

なんたる違い！

それ以来、私は帚葉翁のことが忘れがたくなった。

（一九九八・九『北海道近代文学懇話会会報』7）

「おゝ級友、あゝ先輩」

この六月、三浦綾子記念文学館が旭川市神楽（かぐら）の見本林に完成した。郷里の横手市に隠棲した片野宏（サッポロビール元支社長）から、

――旭川へ行って、高野斗志美（三浦綾子記念文学館・館長）と一杯やろうや。

という誘いをうけたのは、その一カ月後。

われわれは旧制弘前高校の同じクラスで学んだ仲間だ。

高野は「時の人」になっても、弘高時代と全くかわらぬ蓬髪。シャイなところもそのままだった。

さらに一ト月後、私は『三浦綾子の文学をたずねて』という催しに参加し、再び旭川へ行った。

高野が「三浦綾子の人と文学」について講演することになっていた。

会場で、私の姿を見つけた高野は「ヒャーッ。こりゃ、もう、今日の話はダメだ」

赤くなって、あたまを掻き掻き演台に上った。

「目の前に、むかし、学校で机を並べていた友がおります。今日はとても、うまく話す自信がありません」

こう前置きし、三浦さんがはじめて小説『氷点』を発表するに至るまでの人生を、訥訥(とつとつ)と語りはじめた。

ひたむきな軍国少女だった三浦さんは、昭和十四年に十七歳で小学校教員になった。しかし敗戦のショックと教え子にたいする自責から、教職を辞した。

そのことは自伝小説『道ありき』を読んで知ってはいたが、あらためて高野から、信じてきた思想に裏切られた三浦さんが、もはや何も信じられなくなり、虚無的で頽廃的な荒(すさ)んだ生活にはまっていく痛ましい経過をくわしく聞くと、その純粋さに胸を衝(つ)かれた。

翌日、私は「第三〇回北海道寮歌祭」(於札幌グランドホテル)に出席した。

旧制高校の出身者は、いまや最も若い人でも六十七歳。先輩の多くが他界し、残った常連も杖をつき、車椅子に乗って参加する姿が目につく。やむなく、今年限りでやめることになった。

数ある寮歌のうち、一高の『嗚呼玉杯に』（明治三十五年）や、三高の『逍遙の歌』（明治三十八年）、北大予科の『都ぞ彌生』（明治四十五年）などは古くから有名だが、弘高卒業生が愛唱する『津軽の野辺に』は、ずっと後年、昭和十五年秋の作である。作詞者は当時、若干十八歳の一年生、永野武。歌詞は、

〽津軽の野辺に秋立ちて　落日山に映(は)ゆる時　羅瀧(ひば)柏の
　林に独り居て

という哀愁ただようフレーズで始まるが、ここから一転して、

〽濁れる人世(ひとよ)嘲(あざ)ければ　胸に嗟嘆(さたん)の涙湧く

と、にわかにトーンが変わる。私は学生時代から、この大げさな悲憤慷慨の文句が嫌いだったが、よくよく考えてみると、この歌がうまれた昭和十五年という年は、国際的には五月にヒットラーが西部戦線で大勝利、六月にはパリーを占領。国内的には七月に近衛内閣が成立して「八紘一宇」「東亜新秩序建設」が叫ばれ、八月に中国戦線へはじめてゼロ戦が出撃し、向かうところ敵なし。九月には日、独、伊三国同盟調印、それから紀元二千六百年祝賀と、軍国主義の足音が刻一刻と高まりつつあった時だ。

ところが作者は、続く歌詞で、この高まる「街の叫び」を「面諛に狂う人の世」と罵倒し「憫み嘆き」そして深い「憂いに沈む」のであった。

当時の言葉でいうなれば、作者は〈非国民〉である。

しかもこのあと日本中が真珠湾攻撃の勝利とプリンス・オブ・ウェールズ撃沈の報に酔いしれた昭和十七年早々、彼は退学して学園を去った。

私はハタと気づいた。

寮歌『津軽の野辺に』は反戦の歌ではないのだろうか。私は永野先輩にこのことをおたずねしたいと思ったが、残念ながら、先輩はすでに他界されていた。

（一九九八・二　月刊さっぽろ）

「こころざし」の出版人

毎年、北国に桜の季節がめぐってくると、西谷能雄（にしたによしお）さんのことを思い出す。「出版はこころざしの業である」と語りつづけた西谷さんが八十一歳で亡くなったのは、六年前の春のことである。

西谷さんは札幌出身。「真実一路」「路傍の石」の作家、山本有三を慕って、同氏が文芸科長を務める明治大学文学部に入学し、師事。卒業後、出版社弘文堂に入社。取締役編集長を務めたが、一九五一年、当時はまだ無名の新人、木下順二の「夕鶴」の出版をめぐって取締役会と対立。こころざしを貫くため、「夕鶴」の紙型（印刷原版）を退職金代わりにもらって退社。未来社を創設し、「夕鶴」を世に出した。

「権威におもねることもせず、力に屈することもなしに、自分の意志で」と著書『思いは高く……』で述懐。内田善彦、丸山真男、宮本常一、野間宏、平野謙、埴谷雄高らの著作を次々と世に送り出した。売れさえすればいいという出版のあり方を厳しく批判し、原稿を持ちこんできた東大教授に「数千部は売れる」と言われたが「売れるから出すのではない」と追い返したこともあった。長く読みつがれる本を。それが西谷さんの「こころざし」だった。

六八年に委託販売制を廃止、注文制（買い切り制）を導入した。ヘソ曲がり、頑迷固陋と攻撃されても動じなかった。みずからの信念に忠実に生き、「出版の存在理由は理想の追求にある」と、終生、発言をやめなかった。

七十に手がとどく私が、西谷さんの知遇を得たのは亡くなる一年半前。しかし、強烈なインパクトをうけた。いつおめにかかっても、西谷さんは出版を熱っぽく語って倦むことがない。

春がめぐりくるごとに、私の脳裡に、西谷さんの「熱いおもい」が鮮烈によみがえってくる。

（二〇〇一・五　北海道新聞）

「幽霊と孫」

どこの国の話だったか、もう覚えていないが、昔々ある国の古城に「首なしヘクトル」と呼ばれる騎士の亡霊と、親友の「銀色ガイコツ」、そして「灰色夫人」が住みついていた。この城は毎晩のように大勢の客でにぎわっていた。お客がベッドへもぐりこむと、よろい姿のヘクトルが自分の首を抱えて突然あらわれるものだから、さあ大変！　月の晩には、何も知らずに庭園を散歩する客にむかって銀色ガイコツが笑いかけ、灰色夫人が空中で踊る。客がおどろくたびに、ゴースト達は面白くてたまらなかった。

四百年が過ぎた。城主の一族は死に絶え、ついには城も崩れ落ちてしまった。三人は仕方なく国々をさまよい歩くことになった。

また何百年も過ぎた。彼らはそろそろ落ち着ける家が欲しくなった。

さて、前置きはこれくらいにして、珍しいことに、今日は午後になっても、まもなく四歳になる男の孫の晃の声が聞こえない。嫁に尋ねたら、今夜は「お泊り会」で、幼稚園から戻らないという。チビっ子たちは、いざ母親とバイバイする時になると、男の子の方が女の子に比べてぐずる子が多かったそうだ。同じ年齢でも女子の方が成長が早いのか、それとも生まれつき気性がしっかりしているのか……。嫁によくよく聞いてみたら、男の子がぐずる原因は、特設の「お化け教室」にあるらしい。男子の方が怖がり屋が多い由。晃は平気だったそうだ。

「うちのおじいちゃんはネ、ゴーストとお友達だよ。おじいちゃんの部屋に首なしヘクトルと、銀色ガイコツと、灰色夫人が住んでるよ」

晃は物心ついたときから、私が読んでやる絵本を見ながら育った。私の作り話を聞きながら大きくなった。

私は屋根裏を改造した部屋で暮らしているが、つきあたりは納戸だ。私は晃にこう教えてきた。

「ゴーストに会いたかったら、暗い納戸に入って、一人になってごらん」

晃は目を丸くしているチビっ子仲間や、園長先生に、こう教えてあげたそうだ。

「ウソじゃないんだ。奥の納戸に入ると、三人とも出てくるの。ボク、お友達になってもらったんだ」


（二〇〇一・八　北海道新聞）

「エノケンとロッパとアノネのオッサン」

私が小学校へ入ったのは昭和十一年だが、その頃のいちばんの娯楽は映画だった。子供たちの人気者はなんといってもエノケンこと榎本健一。初めて見たのは「エノケンのちゃっきり金太」。次いで「エノケンの法界坊」。笑いすぎて、おなかが痛くなった。ロッパ（古川緑波）の映画を見たのは中学生になってからだ。敗戦後の最初の正月映画「東京五人男」がそれ。笑いころげた。

昭和二十九年、社団法人日本喜劇人協会が結成された。エノケンは会長に就任した。副会長はロッパと柳家金語楼。協会主催の「東京祭り」は毎回、大成功をおさめた。この年、大学を卒業して雑誌社に入ったばかりの私は、編集長とカメラマンのおともをして、日劇の楽屋へ行った。

私は道々、編集長がさとしてくれた言葉を、いまも鮮やかに記憶している。

「いいかね、うっかりエノケンとかロッパとか、呼びすてにするんじゃないぞ。榎本先生、古川先生、柳家先生だよ。いいね！」

エノケンはこのとき、すでに右足の脱疽が再発悪化し、絶望的な状況下にあったが、少しもめげずに、痛む足をひきずりながら、舞台から観客に笑顔をふりまいた。

この日、私はアノネのオッサンこと高瀬実乗の姿が見られないのが寂しかった。この人は私の故郷の函館出身。ピンと立てたチョンマゲに八の字ヒゲ。「アノネオッサン、ワシャカナワンヨ」のセリフで一世を風靡した。「東京五人男」では、モーニング姿で肥桶をかつぐ成り金の農民役で観客をドッと笑わせた。

私が消息をたずねると、昭和二十二年に五十六歳で亡くなったそうな。ついでながら、エノケンは六十五、ロッパは五十七で一期を終えた。おなかの底から笑える喜劇を演じられる役者がいなくなったのは何とも寂しい限りだ。

（二〇〇一・一二　北海道新聞）

「酒場のつき合いのすすめ」

ススキノの居酒屋「きらく」は、常連がこの店独自の年中行事や雰囲気を作りあげている。夕方六時の口あけの客はカウンターに向かって左から「真ちゃん」こと伊藤真介、障害者の「山ちゃん」こと山川嘉人、足が不自由な重野広志大人(たいじん)、それに私。四人はなぜかうまが合った。

ある夜、山ちゃんが帰りがけに「来週は来ないよ」と言った。

「どこかへ行くの？」

「ちょっと旅行」

翌日、われわれに黙って入院した彼は、コツゼンとあの世へ旅立ってしまった。残された三人は寂しくてたまらない。私はエスケープしたくなり、重野さんに「どこかへ行きたくなった」と打ち明けた。すると「ボクの故郷へ行こうか」「どこ?」「木曽の山の中」

私は江戸の浮世絵師の広重と栄泉の版画「中山道木曽路十一宿」をたずさえ、重野さんにくっついて、信州の旅に出た。重野さんの故郷は木曽路の北の入り口、贄川宿(にえかわじゅく)。私は昔ながらのひっそりと静まりかえった宿場町の風情にひたった。重野家は贄川関所の古地図にのっている旧家。当主は広志氏の一つちがいの弟で、兄貴を敬愛することひとかたではない。家族がいい人ばかりで、私はすすめられるままに、ついつい居続け。奈良井、妻籠(つまご)、馬籠(まごめ)など十一宿を残らず歩いた。

ところが、である。札幌へもどったとたんに、重野さんは酒をドクター・ストップ。真ちゃんも、昨年六月、トン死。常連の一人、札大教授の鷲田小彌太さんが葬儀委員長になり、みんなで真ちゃんのおとむらいをやった。

まもなく一周忌がくる。常連一同による伊藤真介追悼エッセー集『カウンター物語』が、只今、刊行準備中。

「きらく」には、人情という古風なものが、まだ生きているのである。

(二〇〇二・二　北海道新聞)

「サヨナラ　どろ亀さん」

母校の先輩で、「どろ亀さん」の愛称で親しまれてきた世界的森林学者、高橋延清さんが、一月三十日、八十七歳で亡くなられた。

翌日、札幌市豊平区の斎場でお通夜がいとなまれた。祭壇に、愛用の赤い登山帽がちょこんと置かれていた。

時間になると、大勢の参列者で埋めつくされた斎場に、白髪頭の和尚が一人、すたすたと入ってきた。ものの十分ほどで読経をきりあげ、参列したわれわれに、こう御挨拶なさった。

「私は岩手県沢内村（さわうちむら）の碧祥寺の住職です。故人は私の叔父にあたります。私はかねて叔父から、わしが死んだらおまえがお経を読んでくれよと頼まれておりました。そこで急いでやって参りました」

〈あっ……。この老僧が有名な太田祖電さん（八〇）か……〉

よくよく見ると、なるほどどろ亀さんと面ざしがよく似ておられる。

「欧米の人は、人間が自然を克服するのが文明だと考えておりますが、故人は人間も自然の一つ、死ねば自然と一体になる、だから死ぬことは怖くないと申しておりました。私があるとき、叔父さん、今度生まれてくるときは何になりたいかと聞いたら、オレはトドマツになりたい、トドマツになって、百年も二百年も生きて、地球環境を見とどけたい。こう申しておりました」

トドマツは天にとどけとばかり高く伸びて、百八十年近くも生きるそうだ。どろ亀さんはこよなく森を愛した。森に住むカケスやシマリスや虫を愛した。そして何より酒を愛した。かつて昭和天皇に御進講申し上げた折も、ウイスキーをひっかけての御進講だった。

祖電老師の話によれば、入院してからも、亡くなる前日まで、ふだんとかわりなく、酒もたばこも平然と飲んでおられたという。

どろ亀さんの酒は天下御免だった。

（二〇〇二・四　北海道新聞）

「人間をつくることより大切なことはない」

このたびＰＨＰ研究所から、拙著『経営は人づくりにあり』が出版になった。楽しみに待っていてくれた旧制高校の先輩「どろ亀さん」こと高橋延清さんが、一月末に亡くなり、残念ながら、お見せできなかった。

私はこの本の中で、敗戦直後の過酷な状況下で旧制高校に学んだ若者たちの人間と人生について考えた。

読者から、こういう便りをちょうだいした。

「息もつかずに、一気に読了しました。目から涙がボタボタ落ち、声を出して泣くなど、近来にない読書体験でした。こんなに心の空洞を満たしてくれた本はザラにはありません」

本書で私が追求したいま一つのテーマは、教育のあり方である。教育の根幹は人づくりではあるまいか。

さて、私はこの本のはじめとおわりに、母校の先輩の小竹俊夫さん（九三）と、先輩ではないが、やはり旧制高校出身の北大名誉教授・石垣博美さん（七九）について書いた。

御両所は、親しい仲間を語らい、後日、私のために出版記念を兼ねて一席設けて下さった。小竹さんは乾杯のごあいさつのとき、「この本に、一つだけ文句を言いたい。ボクのことを小竹翁、小竹翁と書いてある。ボクはこれから、ひと花もふた花も咲かせたいと思っているのに」。

会場がドッと沸いた。

締めの乾杯は石垣さんが音頭をとってくれた。

「この歳になっても、考えることは不思議なことに、いつも高校時代に考えたことばかりです。どう生きたらよいか、それが一生かけて追求模索する私の思想テーマでした。昼は大学の教壇に立ち、夜はススキノでバイオリンを弾いてすごすのが夢だったこともあります。今度この本を読んで、終生の友にめぐり会えたような気がします。では著者のために、アインス、ツヴァイ、ドライ、乾杯！」
私は胸が熱くなり、思わずかけ寄って、緑内障で目が不自由な石垣さんの手を握った。

（二〇〇二・七　北海道新聞）

「幾つからでも遅くはない」

私の生家は古い問屋町にあった。明治生まれで堅物の父が、店員たちに「いいかね。競馬、ゴルフ、マージャンは亡国の遊戯だ。金輪際、手をそめてはならんぞ」と、口うるさく注意する声を聞きながら育った。

私が父にかくれて、こっそりゴルフをはじめたのは四十をとっくにすぎてからだった。有名な化粧品「マダム・ジュジュ」の創業者・中野武雄さんにすすめられ、クラブを握った。

ところが、それから二年後、満七十歳の古稀をむかえた父が「この世にこんなおもしろいものがあったのか……」

なんと、ものに憑かれたようにゴルフをはじめた。まわりの老人仲間にも「ゴルフをやってごらん。人生が楽しくなるぞ。幾つからでも遅くはないよ」

晩年の父はまぎれもない「ゴル・キチ」であった。しかし腕前のほうは、父も子も、そろいもそろって、くやしいかな、おそろしいヘボ……。

喜劇役者の曽我廼家五郎八さんは、満六十歳のとき、やはり中野さんにそそのかされ、ゴルフをはじめた。多忙な五郎八さんは、練習場へ通って腕を上げることより、いろんなゴルフ場をまわることに生きがいをもった。五郎八の名にちなんで、五百六十八カ所目は、ゴルフ発祥の地、英国・セントアンドリュースを選んだ。

私は一九八〇年の夏、札幌で、日に二カ所ずつプレーするお手伝いをつとめたが、彼はこの年の十一月、十八年目、七十七歳でついに「踏破ゴルフ場七百カ所」の世界記録を樹立した。

明けて正月、五郎八さんは賀状で、俳優の藤田まことさんとプレーして勝ったこと、負けてくやしがる藤田さんが、こういう歌を詠んだことを知らせてよこした。

青木尾崎にゃ
およびもないが
せめて勝ちたや
五郎八に

（二〇〇二・八　北海道新聞）

「わが友　高野斗志美」

七月九日、三浦綾子記念文学館の館長だった高野斗志美君が亡くなった。私と彼が旧制弘前高校で三年間の寮生活を共にしたのは、もう半世紀以上も昔のことだ。お互いにまだ十代。文科乙類の同級生だった。この年ごろで同じ釜の飯を食った仲というのは、普通の友人関係とはひと味違うように思う。まして、敗戦直後の混乱と貧困の時代である。忘れようとしても忘れられるものではない。

亡くなる一カ月ほど前、同級生の一人で（株）日立ソフト会長の佐藤孜君が、旭川の病院へ高野君を見舞った（と、ここまで書いて気付いたが、どうも君付けで書くとよそよそしい。以下敬称を省く）。その時、病室の高野は、拙著『経営は人づくりにあり』（PHP研究所）を奥さんに読んでもらっていたそうだ。

私はこの本の中で、同じ釜の飯を食べた仲間たちのことを書いた。

高野は苦しい息の下から「あのころのことをすっかり思い出した。懐かしいよ」と目を潤ませ、佐藤に読後感を語ったという。

亡くなる少し前に、私が「ちょっと顔を見に行きたい」と連絡したら「近日中に退院する。日にちを知らせるから、自宅の方へ来てほしい」との返事だった。

しかし、待てど暮らせど、ついに知らせは来なかった。

八月三十日、佐藤が世話人になり、東京で「高野をしのぶ文乙級会」が開かれた。親族を代表して、高野の長女・美樹さんが出席してくれた。びっくりするほど、目の美しい人だった。

「父はとても、中村さんに会いたがっておりましたが、何しろ体裁を気にするタチでしたから、病み衰えた顔を見られるのはたまらんと申して、とうとう連絡を差し上げませんでした。私からおわびします。中村さんの本は最後まで手元に置いておりましたので、お棺に入れてあげました」嗚呼（ああ）、さらば。わが友、高野よ。

（二〇〇二・九　北海道新聞）

「闖(ちん)入者」

五月のある夜、とつぜん右腕が痛みだした。翌日から、旧知のN整形外科医院で頚骨の治療を受け、腕のしびれと痛みはおさまったが、指の麻痺が残った。最初は小指だけだったが、症状は日一日と悪化し、障害がほかの指にも広がり、握力が低下した。

やむを得ないので、できるだけ左手を使うようにした。すると、右の手のひらの肉がゲッソリ落ち、

〈これがオレの手か?〉

と疑うほどやせこけてきた。

〈この病気はなおらないのではないか……〉

私は焦った。怖れた。

七月になると、右手では万年筆はおろか、箸も持てず、歯を磨くのも、爪を切るのも、シャツのボタンを掛けるのも、ドアのカギやノブを回すのもできなくなった。

昼食時に何げなく入ったソバ屋で、好物のざるソバをほとんど猪口からこぼし、手で拾って食べたときは、〈大の大人が……〉と、われながら情けなくなった。

私は右手を補強する「七つ道具」を探した。まず、食事用具はハンドルの太い幼児用フォークとスプーンを買い求めた。原稿書きは、圧縮空気でインクを押し出す加圧式ボールペンと水性顔料マーカーを使い、軸に輪ゴムを幾重にも巻きつけて握りやすくした。爪切りはスワダのロングニッパーを利用した。

八月、N医師が医大病院を紹介してくれた。リハビリテーション科で尺骨の末梢神経炎と診断され、毎日治療に通ったが、回復の兆候はなく、私の心から「希望」は遠ざかる一方だった。病状の方は、どうやらどん底に達したらしかった。

九月に神経内科に回され、ギオン管症候群というむずかしい病名を告げられた。〈これは生涯つき合わねばならない病気のようだな……〉。そうなると、これから

病気とどうつき合うかが問題だ。……そうか！　これは人生の問題なんだ〉
七十二歳のジジイの私に、余計な道連れがまた一人増えた。
（二〇〇二・一一　北海道新聞）

「障害から逃げない生き方」

前回の本欄に右手の故障について書いたら、慰めの電話やら便りを、方々からちょうだいしました。

指に力がまったく入らない右手は、ただの棒きれに過ぎません。どの医師も、私の「治りますか？」という質問には親切に答えてくれません。なにしろ、廊下にはあふれんばかりの患者。一人についてわずか五分や六分の診察では、医師の方も丁寧に答えるゆとりなどないとわかっていますが、それだけでなく、医師そのものが人生経験が浅く、患者を納得させる言葉を知らないのではないでしょうか。医師の勉強と人生修業とは別物なのですから。

私は薬はまじめに服用しますが、医師に頼る心は早々に捨てました。私を勇気づけてくれたのは、昔なじみの針きゅう指圧治療院のタマ子院長です。「ナニナニ、ポロポロご飯をこぼす？　前掛けをしたらいいじゃない。赤ちゃんみたいだって？　平気平気。ともかく右手を使わなければダメ。萎縮する一方よ」

私はタマ子先生に諭され、自分にハンディがあるとは断固思わないことにしました。リハビリのために治療院に毎日通いました。

発病以来、ゴルフはドクターストップでしたが、クソ！こうなりゃゴルフも辞めるものか。知り合いのゴルフショップの試打室で、左手一本でクラブを振りました。空振り連発。クラブを支えている左手の上に軽く右手を添えてみたら、ドライバー以外は何とか当たります。グリップが古ぞうきんみたいにすり減ったレディース用のドライバーがあったので、何げなくこれを振ったら三、四回に一度は命中。コレダ、コレ！　ショップのおやじさんを拝み倒して格安で譲り受け、意気揚々とわが家に引き上げました。

その晩、懐かしいゴルフ仲間にあてて、明春一番の勇ましい挑戦状を作っていたら妻に見つかり、「このお調子者め！」と一喝されてしまいました。

（二〇〇二・一二　北海道新聞）

「スローライフ賛」

去年の今ごろは、毎朝三十分もあれば、着替えから洗面まできちんとできた。ところが、手に障害を負った今では、どうしても一時間はかかる。食事に費やす時間も二倍。はじめのうちは何をやってもノロマな自分に腹を立てていたが、このごろは「スローライフ」も悪いことばかりではない、と思うようになった。なにしろ余分な時間が不足する一方なので、おのずと生活がシンプルになる。例えば、朝のテレビを見る時間が減った。重要な情報は新聞で間に合うし、政治家のスキャンダルや有名タレントの私生活などは知らなくとも、私が生きていく上で支障はない。

こういった次第で、私にとって本当に大切なもの、価値あるものと、そうでないもの、むなしいものとの区別がきちんとできるようになった。そして、今まで義理で出ていた冠婚葬祭や会合、夜のパーティーは遠慮することに決めた。

あとひと月で、私は七十四のジジイになる。そろそろ交友関係も整理の対象にしようと思った。もう、意味を失った友だち関係は、解消を考える時期なのだ。どういうわけか、昨年は若いころから親しかった先輩や友人が、次から次へと鬼籍に入った。一月早々から先輩の高橋延清さん、岡田正信さん、友人の渡辺俊夫君、四十物昭三君、高野斗志美君と、バタバタあの世へ旅立った。

昔の思い出がよみがえるたびに、取り残された寂しさがこみ上げる。人が生きていく上で、本当に価値ある物が何なのか、身にしみてよく分かる。

今のうちに会っておきたい大切な先輩や友人がまだいる。「思い立った日が吉日」というではないか。「明日ありと思う心のあだ桜」という言葉もある。さあ、雪が消えたら会いに出かけよう。

思えば、手が悪くなる前はいいかげんだった。どうも人生には、無駄な物など何一つないらしい。手の故障は天恵なのやもしれぬ。


（二〇〇三・二　北海道新聞）

「治療は誰にたのむか」

先日、読者から、昨年五月に私を突然おそった右手の指のマヒについて「どうなりましたか？」という問い合わせをいただいた。紙面を拝借して、その後のことをお知らせします。

医師が回復の見込みや時期を明言してくれないので、八月中旬、昔なじみの針きゅう指圧治療院の門をたたいた。それから九カ月、藤野珠子院長の厳しい言いつけを守り、治療とリハビリに専念した。今ではハシで食事したりドアを開閉したりできるようになった。びろうな話で恐縮だが、トイレでの尻の始末も右手でできるようになった。

私のような病気になった時、どう対応したらよいか、読者に提言したい。

一、病名を告げられたらその病気について自分で調べる。医者の説明をうのみにしない。私は解剖学の本を二冊買い求め、上肢の運動と関節、前腕の尺骨ととう骨の神経支配について勉強した。病院で受ける検査の解説書も買い、検査の目的を調べた。

二、医師の選び方について。回復の兆候が見えないとき、ほかの医師と連携してくれる医師がいい医者。兆候が見えないのにダラダラと同じ治療を続け、「この病気は時間がかかります」などとあいまいな回答しかしない医者はダメ医者。治療を受ける、受けないという意思決定をするのは患者自身である。

三、医師が処方せんを出した薬について手引書で調べる。特に薬の副作用。薬を選ぶのも患者の権利である。

さて、現状だがどういうわけかほかの指に比べて親指の回復が遅い。親指の力に頼るホチキスどめやゴルフのマークはまだできない。解剖学の本で調べたら、ほかの四本の指の屈曲する筋はおもに尺骨神経に支配されるが、親指の屈筋は正中神経が、伸筋はとう骨神経が支配するのだそうだ。

なるほど、それで回復が一律ではないのだな、と納得。「いま少しの辛抱!」

と今日もリハビリに励んでいる。

（二〇〇三・二　北海道新聞）

「明日では遅すぎる」

前稿に「さあ、雪が消えたら、出かけよう」と書いたが、思い立った日が吉日と、カミさんをさそい、雪が舞うなか、関西に住む昔からの親友、堀江如是庵（九十四歳）と西村彦次（八十三歳）の両氏に会いに行った。

如是庵は足腰こそ弱っていたが、口の方はいたって元気だった。翌日は西村さんと積もる話に花を咲かせた。

帰る日は、朝から京都へ行き、両親の永代供養をお願いしてある知恩院へお参りした。

そのあと、紫野の大徳寺へ寄り道した。シーズンオフの境内は閑静そのもので、大仙院のすばらしい庭をゆっくり拝観し、昼食は精進料理で名高い大慈院内の「泉仙（いずせん）」で鉄鉢料理を堪能した。

五十年前、私を初めて大徳寺へ連れてきてくれたのは、学友の佐藤博司だった。私は大阪大学在学中の三年間、彼と寮生活を共にした。佐藤は読売新聞の論説委員で定年退職後、琵琶湖畔で余生を送っていたが、三年ほど前に体調を崩し、京都の「東山老人サナトリウム」へ引越した。食いしん坊の佐藤は、食事がまずくてやりきれぬと、札幌の私へ便りをよこした。食べ物の差入れは禁止されているということだったが、私はジェーアール京都駅伊勢丹の老舗弁当コーナーへ行き、京料理「和久伝（わくでん）」の弁当と吟醸酒一合瓶を買い求め、見舞いに駆けつけた。和久伝の弁当は器も料理の盛りつけも美しかった。佐藤は目頭を熱くして、「持つべきものは友や！」と繰り返した。

次の年も、彼の喜ぶ顔を見たくて、今度は天保元年（一八三〇年）創業の「菱岩」の弁当を買って東山を見舞った。

佐藤が亡くなったのは、それからまもなくだった。

閑話休題。

「さあ、そろそろおいとましないと……」と、カミさんにせかされ、伊丹空港発の最終便に間に合うように京都からタクシーをとばした。夕餉は機中でと、伊勢丹で「辻留」の懐石弁当を買った。

〈ああ、もし佐藤が生きていたらなあ……〉

食べさせてやりたかった。

札幌に戻ったら、また雪が舞っていた。それから丁度まる一ト月後、とつぜん西村さんの訃報に接した。私は泣いた。

（二〇〇三・三　北海道新聞）

「サンドイッチ」

八月に上京した際、朝食を抜き、両国の「天亀八」で早めの昼食を取った。ここは昔の江戸前てんぷら屋の風情を今に残している。かき揚げ天丼が一番。老舗の良心か、勘定も安い。

江戸東京博物館と上野の美術館をゆっくり見てホテルへ戻った。今夜は好きな推理小説を読みながらのんびり過ごそう。冷蔵庫からコンビニで買い求めたボルドーの赤ワインの小瓶とピクルスを出し、上野「井泉本店」のカツサンド（一箱八百五十円）の折り箱を開く。井泉は「はしで切れる柔らかいトンカツ」と評判の老舗。パンより厚いひれカツをはさんだそれは、赤ワインと一緒に食べると、味がいっそう引き立つ。

そもそもファストフードの食習慣などない私だが、十二年前まではビジネスマンとして四十年間働きづめの毎日だった。利用した飛行機の搭乗整理券とホテルの宿泊カードを四十三冊のアルバムに貼ってある。搭乗回数は二千百三十三回、ホテルは二千五百一泊。延べ七年間もホテル暮らしをした勘定だ。

考えてもみてください。ホテルでひと風呂浴び、裸同然のくつろいだ姿で夕食を取るには、サンドイッチが一番向いていると思いませんか。

どういうわけか、札幌にはうまいドライ・サンド（ビーフやカツを挟んだサンドイッチ）がない。どなたかご存じなら教えてください。

その点、東京はいいナ。ローストビーフ・サンドなら、何と言っても「帝国ホテル」のそれ。パンがしっとりしていてマスタードも効いている。東京駅の地下食品街にもあり、値段は千円。

羽田空港売店にある「万世」のひれカツサンド（六百八十円）も私の好みだ。伝統のソースが肉の味を引き立て、冷めてもうまい。

私はススキノの小料理屋「きそ路」の若い美人ママに頼まれて時折、帝国ホテルや万世のサンドイッチを買って帰る。

（二〇〇三・九　北海道新聞）

「叔父さん」

地下鉄東西線の西十一丁目駅地下街に、中年の夫婦者がやっている古びた喫茶店がある。店内は隅々まで手入れがゆき届いている。カウンターもテーブルも清潔そのもの。東西線開業は昭和五十一年六月だが、この店は開業以来の老舗。マスターは坊主刈りの大男で、お客に対して必要なことしか喋らない。とはいっても、無愛想というのではない。気くばりがいい。奥さんは上品な顔立ちのもの静かな人で、一見「荒法師と京女」といった夫婦に見えるが、実はこんなに好もしい夫婦は珍しい。

私の旧友で北大ラグビー部最古参オー・ビーの佐藤博もこの店の常連だ。ここはラグビー狂のたまり場なのである。マスターは知る人ぞ知るオールド・ラガーだ。

私はこの店に集う老いたラガー達を見ると、死んだ叔父を思い出す。六歳で母に死に別れた私にとって、母の弟の正吉叔父さんはたまらないほど懐かしい人だ。叔父は大正っ子でラグビー少年だった。戦後は、戦場で負った病いの後遺症のため、身障者として晩年を過ごした。昔、共に中学ラグビー界で鳴らした老友たちが病床を見舞うたびに、陽気に昔話に花を咲かせ、少年のようにほがらかに笑った。叔父は貧窮のうちに死んだが、死ぬまでめげなかった。最後を看取ったのも、ラグビー部の老友だった。私は本物の友情というものを見た。

私は思った。〈七十になったら、オレもこうありたいな……〉

それは遠い先のことのように思っていたが、気がつけば、何のことはない、私は七十歳の坂をとっくに越えてしまっている。

さて、この店、実は亜羅珈琲(あらびか)という店だが、マスターはサンドイッチ作りの名人である。あつあつ卵とハム、野菜だけのシンプルなウェット・サンドだが、マスタードが効き、絶品。

前回の本欄に「札幌にはうまいドライ・サンドがない」と書いたが、この店のウェット・サンドは本当においしい。

（二〇〇三・九　北海道新聞）

「すすきの万華鏡」

第一話　ススキノで生まれたロマンチスト

一、華麗な天才洋画家

サッポロは知事公館の深い緑地の一角に、鮮やかな純白の瀟洒な「三岸好太郎美術館」がある。このロマンチックな建物は「近代日本洋画の青春期を駆け抜けた天才画家」とか「夭折のモダニスト」と評された札幌出身の三岸に、いかにもふさわしい。

好太郎は一九〇三（明治三十六）年生まれ。札幌一中（現南高）卒業を期に上京し、独学で絵を学び、二年後、第一回春陽会展に入選。ときに二十歳。翌一九二四（大正十三）年には春陽会賞を首席で受賞し、一躍世間の脚光を浴びた。

しかもこの年、女子美術学校を首席で卒業したばかりの恋人、吉田節子（のちの閨秀画家・三岸節子）と結婚。爾後、一九三四（昭和九）年に三十一歳で急逝する迄のほんの十年ほどの間に、変幻自在な作風の作品を次々発表した。

好太郎は生涯を通じて多くの女性に恋をした。

節子夫人は亡き夫の生涯を、こう称した。

――生きた、描いた、愛した。

二、モダニストの生誕地

話を変えるが、本誌の読者は、ススキノの豊川稲荷神社の境内に「薄野娼妓並びに水子哀悼」と刻まれた大きな石碑があるのをご存知だろうか。

ススキノ繁華街は一八七一（明治四）年、ときの判官・岩村通俊が開拓労務者の「足止め策」として薄野遊廓を置いたのが淵源である。官許の遊廓、つまり御用女郎屋は開拓に従事する一万人もの労務者や官員の登楼で連夜賑わい、やがて赤い灯、青い灯まばゆい盛り場「ススキノ」をつくり出していく。

豊川稲荷が建立されたのは一八九八（明治三十一）年。商売繁盛を祈願する人たちの信仰を集めた。娼妓はきそって参詣した。遊廓は一九二〇（大正九）年に白石界隈に移転した。

実は、私が読者にお話ししたいのはススキノのお稲荷さんのことではなく、うっかりすれば見すごしそうな、門前の小さな案内板のことである。

そこには「三岸好太郎生誕地」と題して「明治三十六年四月一八日に、ここ南七条西四丁目の一角で生まれた」と記されている。

へえッ！　あの三岸が？……

と、初めて目にした読者は奇異な感じにおそわれるに違いない。

モダニストに古い遊廓は似合わない。

しかし……。

三、ラスト・サムライの孫たち

好太郎の母、三岸イシも恋多き女だった。石狩の厚田村に住んでいたイシは、前夫との間に生まれた初めてのわが子、松太郎を捨て、養父が許さぬ仲の男と札幌へ出奔。この再縁の夫、橘巌松との間に生まれたのが好太郎である。

イシの養父、梅谷十次郎は微禄の江戸侍。彰義隊に入り、上野で戦ったが敗れ、北へ走ったが、箱館五稜郭で再び敗れ、降伏して生き残りの幕臣たちと敗残の身を厚田に寄せた。

十次郎は生まれてまもなく実母に捨てられた義理の孫の松太郎にほとんど盲愛に近い愛情をそそぎ、ふところに抱いて育てた。

この松太郎こそ、私がもっとも尊敬する作家のひとり、子母沢寛その人である。

一方、巌松とイシは薄野遊廓で、当時一、二といわれた妓楼・高砂楼にころげ込み、巌松は番頭、イシは女中として働く。

のちに、明治大学で苦学する寛に学資の一部を援助し続けたのは、ほかならぬ義父の巌松である。

寛は実直でたぐい稀な愛妻家、好太郎は型破りの放蕩無頼と、異母兄弟は性格が対照的だが、終生仲が良かった。

好太郎が春陽会賞を主席で受賞したときの一点「兄及ビ彼ノ長女」は寛と彼の長女てるよの肖像である。

（二〇〇四・一一　日刊ゲンダイ）

第二話　出生地を巡る謎

さて、その三岸好太郎であるが、彼は自筆の年譜におのれの出生地を
「北海道石狩ルーラン十六番地」
と記している。

しかし石狩の地に「ルーラン」というロマンチックなひびきをもつ住所は、存在しない。

好太郎が自分の出生地として偽って年譜に書きとめた「石狩ルーラン十六番地」のルーランというのは、実は石狩浜の厚田のはずれにある断崖の俗称である。

先述したように、母のイシは加賀の医師、橘巌松と札幌へ駆け落ちするまで、厚田の梅谷家で暮らしていた。彼女は十次郎の妻、三岸スナの血のつながらぬ姪

だった。生まれたのは函館の地蔵町である。幼くして江差出身の三岸卯吉の養女となるが、卯吉死後、厚田にいた卯吉の妹、スナにひきとられたのである（※）。

彼女は巌松と結ばれてからも三岸姓を通した。

好太郎は前にも言った通り薄野遊廓全盛期の明治三十六年、南七条西四丁目で生まれた。薄野で一、二といわれた高砂楼の番頭の巌松は、楼主の丸山直吉の信用を得て、主人が営む「丸山質店」の運営もまかされ、やがて一家は南五条西二丁目のこの質屋へ転居する。

遊郭の面影は今では偲ぶすべもないが、丸山質店の大きな土蔵は、つい最近まで残っていた。

好太郎はここで育った。

三岸好太郎は彼の本籍地「厚田村十六番地」を「ルーラン十六番地」と称し、そこを出生地と年譜に記すことによって、自分の過去をロマンチックなベールで包んだ。

彼は遊廓の汚ない澱(おり)にどっぷりつかった自分の過去を消し去り、近代日本洋画の青春期を奔馬のように駆け抜けていった。

一九三四（昭和九）年七月、名古屋で急逝した好太郎のもとへ、最初に駆けつけたのは異父兄の子母沢寛であった。

※これまで不明だった三岸イシの履歴を追跡し、明らかにしたのは、私が尊敬する旧制函館中学の先輩で、北海道における美術館長の始祖・故工藤欣弥氏である。

（二〇〇四・一一　日刊ゲンダイ）

第三話　ススキノのパイロット

札幌が百万都市になったのは一九七〇（昭和四十五）年のことだ。私はその前年に妻子をつれて函館から札幌へ引越してきたが、オリンピックの準備が盛んにすすめられていて、街中が地下鉄工事やら道路工事やらで掘り返されていた。

私が札幌と関係を持つようになったのは、実は、さらにさかのぼること十年前、一九五九（昭和三十四）年のことで、ススキノから遠くない南二条西十二丁目に古い家を買って以来である。そのとき札幌の人口はまだ四十九万人だったから、その後わずか十年の間に五十万人も増えたわけである。札幌は別な顔の都市に変わってしまった。

札幌へ移住した人たちは、道産子ばかりではない。本州人も多い。

変り種のひとりが、ススキノの豆腐料理屋「吉甲」の店主で、豊平川の「カムバック・サーモン」運動に熱心だった元パイロットの故小島達哉である。一九八一（昭和五十六）年、ロンドンに「さっぽろサケの会支部」の看板をあげ、テムズ川のサケ回帰運動との交流の橋渡しをした。

私が彼とはじめて出会ったのは、昭和四十四年、彼が有名なドイツ風レストラン「ローレライ」を経営していた頃である。紹介してくれたのは、小島の戦時中のパイロット仲間で、当時、航空サスペンス・ミステリーの第一人者だった作家の故福本和也だ。

前にも一度書いたことがあるが、福本と私とのつき合いは、お互いに結婚したての二十代からで、かつて甲種予科練の戦闘機乗りだった彼は、当時、私と同じく東京・世田谷の六畳一間きりの長屋の住人で、小説修業の仲間。私も貧乏だったが、あっちはケタハズレだった。大阪から妻をつれて上京してきたのだが、家財はちゃぶ台とセンベイ布団が一組のみ。冬は薄っぺらな掛け布団の上に古新聞を山ほど重ねて夫婦同衾。私が最初に訪ねていったとき、フンドシ一丁の福本は、新聞紙の下からガサガサ音を立て、ミノ虫みたいに這い出してきて、奥さんが着ていた浴衣の寝巻きをはぎ取り、自分が羽織って「さ、遠慮しないで、上がってくれ。どうぞどうぞ」

そう言われても、裸の奥さんが恥ずかしそうに布団の中でモジモジしているので、私の方が赤くなった。

さて一方、小島達哉だが、戦後、横浜航空に在職中、札幌と紋別、中標津間の空路を開拓に来て、北海道がたまらなく好きになり、ついに会社をやめ、東京の細君とも別れ、札幌に住みついた。ときに、小島、四十二歳。

やがて彼は、札幌で新しい女房を見つけた。初子の娘が生まれたとき、四十七歳になったこの小男は、こおどりして喜んだ。

札幌オリンピックが開催された一九七二（昭和四十七）年、「ローレライ」を売却し、世界漫遊の旅に出た。翌年、豪勢なステーキ・レストラン「シャロレー」を創業。この店はあっというまにススキノの名物店となったが、真っ赤なベンツで、朝な夕な、飛行機乗りらしい猛スピードで一人娘を幼稚園へ送り迎えする小島そのものが、巷の名物でもあった。

昭和五十二年、他人の借金の保証がもとで店を手ばなす羽目におちたが、すぐ「吉甲」を開店し、大いに繁盛した。小島のいまわのきわの言葉は、こうだった。

「もう一度、大空を飛んでみたい。ま、いつ死んでも、悔いはないがナ……」

（二〇〇四・一二　日刊ゲンダイ）

第四話　ススキノ流転

札幌オリンピックの少し前から十数年間が、ススキノの黄金期だった。それは日本全体が異常な経済高度成長を続けた時代であり、日本人がかつてないほど自信を持った時代であった。

(いまやそれは神話の時代となりつつあるが……)

日本経済はすでに一九六八(昭和四十三)年にアメリカに次いで「GNP世界第二位」に到達していた。オリンピックが開催された年の七月、田中角栄が五十四歳の若さで総理大臣に就任した。彼が就任前に著した『日本列島改造論』はベストセラーになり、人口と産業の全国分散をうながした。

札幌の金ピカ時代がやってきた。

「ローレライ」を売却して大金を手に入れた小島達哉は、翌昭和四十八年、豪奢なレストラン「シャロレー」を開店した。

この店を有名にしたぶ厚い贅沢なステーキは、店名のいわれのシャロレー牛だった。

シャロレー種はフランス、シャロレー地方原産の肉用牛。体が大形で発育がよい。

昔、私が古き良き伝統を伝える函館社交倶楽部の会員であった頃、夏の例会がよく駒ケ岳山麓の「曽田シャロレー牧場」で催された。札幌のレストランは小島と牧場主の曽田玄洋との共同事業だった。店は金持ちたちの夜の社交場になった。

「シャロレー」には、素敵な女性のソムリエがいた。姓が奥、名が久二（クニ）。オープニング・パーティーで「ごぶさたしております。奥でございます」と、挨拶されたときは、

〈まさか、あの可憐な人形みたいだったクニが……〉

と、瞠目した。

どきりとするほど豊満な胸元から、むせるような匂いが香ってくるようだった。

私が彼女と初めて出会ったのは一九五九（昭和三十四）年。ところは狸小路西三丁目角の有名化粧品店「だるまや」の資生堂化粧品コーナー。

彼女は資生堂の美容部員で、年は十九になったばかり。

やがて青年実業家のSに求愛され、三愛デパート化粧品売場のテナント・オーナーにおさまったが、結婚生活は八年目に破綻した。水銀鉱の採掘に失敗したSは、多大な借金を残し、行方をくらませた。妊娠中のクニは借金を取りたてにきた暴力団の脅しにおびえ、流産し、死線をさまよった。

彼女が復活できたのは小島のおかげである。彼はきびきびと動くクニが気に入り、のちに割烹「吉甲」の女将にとりたてた。彼女は水を得た魚のように、ここでもよく働いた。

歳月は移り、小島が死んで経営者が変わった。やがてバブルがはじけると、クニのような五十をこえた古参の従業員は体よく追い出された。

彼女はその年の秋、仲通りのビルの一階に「小料理・吉半」を開店した。小さいが、造りは凝っていた。私は四階の「酒庵・きらく」の常連だったので、「吉半」にもよく行った。店は昔馴染みの客で賑わっていた。

しかし彼女は心細かったのだと思う。私が師走に寄ったとき、

「年内になんとかもう一度来てよ」

とたのまれた。しかし年の瀬はとうとう行けなかった。

正月明け一番に「吉半」へ顔を出すと、シャッターが閉じられたままだった。隣の店でわけを尋ねると、クニは正月休み中に急死したという。入院してから僅か四日目だったそうな。嗚呼。

（二〇〇四・一二　日刊ゲンダイ）

第五話　売られた客

札幌は一九七二（昭和四十七）年の冬季オリンピックまでは昔の面影を色濃くとどめていた。古い家なみや路地、商店、飲食店、人々の暮らしや人情などに、戦前からの「昭和」が残っていた。

今ではあまり見かけなくなったが、本州資本の支店進出が激化する昭和四十年代までは、毎月東京や大阪から出張してきて、札幌を根城に全道の得意先を訪問してまわり、月末には本州へ戻るセールスマンが大勢いた。これらの出張員専門の良い旅館もたくさんあった。

昭和二十年に二十二万人だった札幌の人口は、三十年には四十二万人、四十年には八十万人、四十五年には百万人に膨張した。

ススキノは本州企業の社用族で大いに賑わった。

南四条西四丁目の「松岡ビル」がオープンした四十三年、私を地下一階の洋風居酒屋「ハイマート」へ連れて行ってくれたのは、化粧品メーカー「丹頂」（現在のマンダム）の出張員の宮崎さんである。重厚なカウンターがある落ち着いた店構えで、店名はドイツ語の「ふるさと」。あるじは和服がよく似合う三十代の小粋なママで、江戸っ子かたぎの宮崎さんが一目惚れするのも無理からぬこと。気性がさっぱりしている上に客あしらいがうまく、親切だった。

聞けば前身は、当時全盛のキャバレー「アカネ」のナンバー・ワンの女給だったそうな。

キャバレーもカフェーも目白押しにあったが、「アカネ」「モロッコ」「白鳥クラブ」「マイプロミス」が札幌の四大キャバレーだった。

ハイマートは宮崎さんと私の格好の隠れ家になった。

キャバレー戦争が勃発したのは昭和四十四年。いや、翌年だったかな……。釧路から進攻してきたキャバレー「銀の目」が、ススキノのど真ん中に華々しく幕を開けた。

ホステスの収入は客の指名料とチップである。

王者「アカネ」のホステスとの間でたちまち客の奪い合いが始まった。

これが「第一次キャバレー戦争」だ。

四十六年五月のある日のこと、「ハイマート」に入りびたりの宮崎さんが「大事件！　大事件！」とすっ飛んできた。女あるじが東京のさる事業家に嫁ぐと宣言したそうな。

店はすでに居抜きで仕入先の魚屋のボンボンに二百万円で売却済みだというのである。

翌日、ボンボンこと藤川勉から「居抜きで譲っていただきました。よろしくお願いします」と丁重な挨拶があった。

居抜きというのは店舗や冷蔵庫、椅子、グラス、在庫の酒などをひっくるめて売り渡すことだと思っていたが、なんと宮崎さんと私も、自分のキープボトルや酒代のツケもろとも譲り渡されていた。北海道放送社長の富原薫氏もこの時に売られた客の一人である。

昭和四十八年、東京は赤坂、東洋一のマンモスキャバレー「ミカド」が、圧倒的な戦力で札幌に乗りこんできた。千二百坪の大ホール、三百人のホステス、金髪碧眼の異国の踊り子を中心とする専属ダンシングチームが夜ごとに華麗なショーをくりひろげ、業界の皇帝「エンペラー」と壮烈な戦闘の火ぶたを切った。

これが「第二次キャバレー戦争」。

オイルショックによる狂乱物価の最中であった。

それから幾星霜、私は今もかの松岡ビル地下の洋酒酒場へ通っている。「ハイマート」改め喰処飲処「ふじ川」は、まもなく開店三十五周年を迎える。

なつかしい宮崎さんは残念ながら鬼籍に入り、私はとり残された。


（二〇〇五・一　日刊ゲンダイ）

第六話　絵の女神に好かれた人たち

ススキノの経営者には絵心のある人、絵が好きな人がたくさんいる。バー「やまざき」の山崎達郎さんやドリームフードの菊池日出男さんのように、本格的に絵の修業をした人は別格だが、そうでなくとも、絵が上手い人がたくさんいる。

名人芸の似顔の切り絵でも著名な山崎さんは、東京生まれ。二十代の頃、働きながら美術学校に入り、東京芸大へも聴講生として通ったそうだが、北海道に絵を描きに来て、そのまま住みついてしまったそうだ。

私がススキノ新宿通りにあった最初の「やまざき」の客になったのは、昭和三十三年だったか四年頃。この店は火事で焼けてしまったが、当時から札幌で初めての本格的なバーとして評判が高かった。

南三条西三丁目の現在地に再開後、私はすっかり足が遠のいてしまったが、後日、常連客の札幌医大教授で詩人の河邨文一郎さんに誘われ、山崎さんの温顔に再会すると、コースターに鮮やかなタッチで絵を描いてくれた。

今は亡き河邨さんとの最初の出会いは一九七五（昭和五十）年。ススキノでは札幌オリンピック讃歌「虹と雪のバラード」の作詞者で美男子な上に英国式ダンディーとして、有名人中の有名人であった。

菊池さんは十代の頃、絵かきになろうと決心して上京。ずいぶん苦労なさったらしい。事業に成功してからもずっと絵を描き続けていた。東京で個展もやった。

山崎さんや菊池さんには及ばぬものの、喰処飲処「ふじ川」の藤川勉も絵にかけては玄人はだし。魚屋のセガレのくせに、変わった経歴の持ち主で、製帽学院サロン・ド・シャポーと、寺門洋裁学園デザイナー科の修了生である。

「酒の肴がうまい店」と評判になり出したら、旨いものへの彼の情熱はいやがうえにも燃えさかったらしく、「料理研究」と自称して、店は従業員に任せっぱなし、しばしば海外放浪の旅に出た。

当初はフランスやイタリアをうろついていたが、いつの頃からかスペインにとり憑かれ、マドリードで食べたハモン・セラーノ（生ハム）がどうの、アングラス（うなぎ）はどうの、プルポ（タコ）が旨い、ベルセーデス（烏帽子貝）の味が忘れられぬ……などと、ウワゴト。

しかし、不思議なものである。

この頃からシェフとしての腕がめきめきと上がり、うまい料理を喰わせるビストロとしていっそう有名になった。

彼には画集が二冊あるが、『絵日記・僕のスペイン旅行』（昭和六十一年初版・富士プリント印刷）の序文に、常連客の富原薫さん（北海道放送）はこう書いた。
「藤川勉はいったい絵かきなのか、詩人なのか、料理が本職なのか、それとも一介の放浪者なのだろうか。私はいまだにその正体を知らない」

もう一冊は『板前の絵日記　スペイン味の旅』（昭和六十六年初版・北海道新聞社）

一方、東京から札幌へ商売に来てそのまま住みつき、ススキノの人気者になったのが、画商の藤田さんである。通称「パパ」こと藤田正久さんは、東京・銀座の「ギンキョウ画廊」のオーナーの実弟。ススキノの飲食店だけをお客にして生計をたて、ホステスの誰からも「パパ、パパ」と慕われた。

オーイ、藤田さんよ。久しく姿を見せないが、どこでどうしているのか、よ。
今晩あたり、一杯どうだ？

（二〇〇五・一　日刊ゲンダイ）

第七話　川向うのしゃれた酒場

昭和四十三年に南四条西四丁目の「ハイマート」へ私を連れていってくれた本州企業の出張セールスマン、江戸っ子の宮崎さんは、四条通りの市電の線路の向い側を「川向う」と呼んでいた。

これにはわけがある

ご承知のように、池波正太郎や藤沢周平の小説の舞台は、江戸は深川、つまり現在の江東区が多い。

深川には岡場所があった。岡場所といっても今の若い人には通じまいが、官許の遊廓「吉原」以外の私娼窟のことである。

深川には著名な岡場所だけでも、富岡八幡宮を中心に七ヵ所もあった。

古来、日本人は性に大らかだが、寺社の門前町に参詣人をあてこんだ茶店がたくさんひらかれ、そこで働く女たちを自然発生的に遊女にした。

岡場所は吉原に比べれば、誰もが手軽に遊べるので、繁盛した。深川なくして、江戸は語れまい。

人々は江戸城の東方、隅田川の向う岸を「川向う」とよんだそうだ。

さて、話をススキノにもどそう。昭和三十年代まで駅前通りの街角で目立っていたツブ焼きの屋台の群れは、その後、市当局や警察の取締まりに遭い、次々と撤去させられた。

なにせ、大ていの屋台は、

「お客さん、生きてるツブは要らんかね」

と売春をとりもっていた。

しかし全く壊滅させられたわけではなく、旧西本願寺別院近くの屋台群は南五条西五丁目に、その他五十軒ほどが南五条西六丁目に集められた。これが有名な「薄野屋台団地」である。

団地には夜ごとに三百人もの私娼が出没し、たちまち観光名所（？）となった。

江戸っ子の宮崎さんが、市電の線路を隅田川に見立て、ちょっぴり皮肉をこめて、南四条以南を「川向う」とよんだのは、こういうわけがあるからだ。

札幌オリンピックが開催された昭和四十七年、南五条西四丁目に今までにない瀟洒な高層建築「アルトビル」が落成した。この頃から「川向う」は面目を一変した。

「スブローザ」というしゃれた名前の小さな酒場は、このビルの四階にあった。店名の意味は「一輪の薔薇」。

客が十人も入れば、もう満席。しかし顔ぶれはカメラマン、リッチな馬主、画商、ホテル・マン、大手商社やゼネコンのビジネスマン、医者、スチュワーデスと多士済々。しかも上客ばかり。

ハタチになる陽気なママの山田陽子を囲んで大いに賑わった。

開店当初の客は、彼女の親がわりの叔母が営む地下鉄ススキノ駅地下のクラブの常連ばかりだったが、程なく面白いという噂を聞きつたえた新規の客であふれかえるようになった。

人生は出会いだ。が、それはすべて目に見えぬ一本の糸でつながっているように思う。私が陽子と顔見知りになったのは、彼女がまだ三愛デパートのアクセサリー売り場の売り子だった頃だが、そのとき隣りの化粧品売り場のオーナーだったのが、ほかならぬ第四話『ススキノ流転』の美貌のクニである。

アクセサリー売り場にはやがて陽子と刎頸のまじわりを結ぶ店員の安川ケイも働いていたが、それはまた後でふれることにしよう。

ともあれ、一世を風靡したアルトビルは、どの階もいずれおとらぬ美人ママが妍をきそい、社用族でごったがえした。

あの頃のことは、今はもう幻である。

当時と変わらない店は、なつかしい酒場「いちばん星」だけだろうか。

（二〇〇五・二　日刊ゲンダイ）

第八話　ススキノ名物「火事騒ぎ」

私が札幌に家を買ったのは一九五九（昭和三十四）年。その頃、火事はススキノの名物だった。昭和三十三年から四十年までの八年間に、ボヤをふくめると、ススキノでは実に一三〇件もの火事騒ぎがあった。平均すれば少なくとも毎月一回や二回は、火災が発生にした。

当時の飲食店はほとんどが木造で、一階あるいは二階までが飲食店、二階ないし三階が店主の家族や従業員の住居だったから、死人や負傷者がたくさんでた。

札幌市は不燃ビル化を促進するため、昭和三十九年に南四条と五条の西二丁目から五丁目までを「防火地域」に指定した。

高層ビルは狭い土地の有効利用につながった。

家主たちが札幌オリンピックめざして、あっちでもこっちでもビル建設に着手し、テナントを募集したので、飲食店の数はうなぎのぼりに増えた。

昭和五十年頃からススキノの「土地ブーム」に火がつき、土地を買いあさるブローカーの暗躍が目立った。この頃から、ススキノは再び頻発する火事騒ぎで有名になった。

火事場は黒山のような見物客で賑わった。

噂の真偽はわからぬが、巷間、ほとんどが古い雑居ビルから店子を追い出すための放火だという説が、まことしやかにささやかれた。

不謹慎な話で申しわけないが、私なども当時は若気の至りで、消防車のサイレンの音を聞くと、もうじっとしていられない。

その夜も年長の旧友、大阪人の宮崎楢義さんと行きつけのクラブ「モンテローザ」（南六西三）で飲んでいたら、まわりの客が「今、アルトビルの隣が燃えている」と騒ぎ出した。

「それ行け！」

宮崎さんと私が飛び出すと、いやはや、煙ただよう路上は身動きもまゝならぬほどの見物人でごったがえし。

鎮火するや、急に腹がへり、近くの寿司屋へ寄った。

「木原寿司」と「輪島」のどちらも馴染みだったが、どういうわけか、今夜は「輪島」のいいなせな若大将、前田彦一に会いたい。

いうまでもないが、北海道は相撲王国。戦後の横綱だけでも千代の山、吉葉山、大鵬、北の富士、北の湖、千代の富士、大乃国、北勝海と枚挙にいとまがない。だから札幌には圧倒的に北海道出身力士のファンが多かった。

ところがひとり前田は、輪島の熱烈なファン。

私はこのヘソ曲がりの若い同郷人が好きだった。

ちなみに輪島は石川県出身で昭和二十三年生まれ。四十三、四十四年の連続学生横綱。翌年大相撲初場所でデビュー。秋場所には早くも入幕。四十七年初場所で小結、春場所で関脇、夏場所で初優勝、九州場所で大関。翌年夏場所で全勝優勝して第五十四代横綱。ものすごいスピード出世で「輪島・北の湖時代」をつくった。

彼は巡業で札幌へ来ると必ず「輪島」へ寄った。飲みっぷりも食べっぷりも怪物なみで、「ごっつぁんです」と帰った後は、「輪島」はいつも寿司ネタが品切れのため閉店。

私と宮崎さんが火事場見物した日からまもなく。ススキノでまた火事があった。メラメラと火焔に包まれて燃え盛ったのは、今度はなんと「輪島」が店子で入っている雑居ビルだった。

私が親しくしていた前田夫婦は、何処へ行ったのやら、可哀相に、ススキノから姿を消した。

（二〇〇五・二　日刊ゲンダイ）

第九話　スロウボートのピアニスト

私が札幌に来たのは昭和三十四年だが、その当時から中心街を歩いていると、いつも街角で出くわす美女がいた。白い肌、ととのった顔だち、それに笑顔が印象的だった。

名は千鳥ふみ子。

実は、南三条西三丁目角の中山ミシン店の軒先で、ミシンを踏んでいるマネキン人形である。

あれはいつだったたか、夏の宵のこと、私の目の前で、ランドセルを背負った小学生の坊やが彼女につと走り寄り、口づけをして逃げていった。

なんだか夢を見ているような気になった。

この中山ミシン店の二、三軒隣の天政ビルに、第七話に登場した三愛デパートの売り子、おケイこと安川恵子と、ピアニストの宮沢洋子が共同経営でピアノ・バー「スロウボート」を開店したのは、バブルが始まったばかりの一九八五（昭和六十）年のこと。

店名の由来は村上春樹の初期の短編に出てくる古い歌である。

中国行きの貨物船（スロウボート）に
何とかあなたを
乗せたいな、
船は貸し切り、二人きり……

造りが豪華客船のキャビンを思わせる酒場は、開店早々から若い女性客であふれかえった。

おケイの陽気な笑顔と打てば響く冗句が客に大うけにうけた。

作家の藤堂志津子さんや、出版社・亜璃西の社長・和田由美さんも、常連だった。

夜のにぎわいは開店三周年目の頃、頂点に達した。東証平均株価が三万八千九百十五円の最高値をつける前年のことだ。

そもそもケイと洋子は、ススキノで出会ってから程なく、お互いをルームシェアの相手に選ぶほど、気が合ったらしい。

そのときケイ三十二、洋子二十七だった由。

洋子ほど数奇な運命の女性も稀だ。紙数の都合で手短に話そう。彼女は二歳のとき、両親をいっぺんに失った。

読者は半世紀前の洞爺丸台風事件を覚えておられるだろうか。海難事故としては、かのタイタニック号に次ぐ大惨事である。昭和二十九年九月、青函連絡船洞爺丸は転覆、乗客一三三四名の大部分が溺死。洋子の両親も帰らぬ人となった。

母方の祖父母に預けられていた彼女一人がこの世に残された。

その母には二十六歳になる独身の兄がいた。二人兄妹だった。

若い伯父は幼い姪の行末を案じ、赴任先の旭川の高校教師をやめ、札幌に戻って北大農学部出身の父と同じ農業試験所につとめ、男手で姪を育てた。

洋子は隣家の娘に可愛がられ、よく遊んでもらったそうだが、やがて伯父はその娘を気に入り、結婚した。

新郎新婦は自分たちの結婚届といっしょに洋子の養子縁組届けも提出し、正式に親子になった。洋子四歳の春だった。

洋子は長じて、北星学園大学社会福祉学部に入学した。

さて、月日は流れる。平成六年正月、ケイが悪質な乳癌に冒され、札幌市内の天使病院に入院すると、洋子は献身的に看病した。

私は彼女ほど友情に厚い女性を見たことがない。

彼女は一年間ほとんど病院に泊まりこみ、そこから「スロウボート」に通勤した。

おケイが亡くなったのは、翌年の二月だった。享年四十七。

三月、「スロウボート」の灯が消えた。

ついでながら、札幌駅前通りと北一条通りの交差点西向きに「北海道総鎮守北海道神宮」の大きな石碑が建っている。大正九年六月一日建立。右面に刻まれた「宮司春文」という神宮が、洋子の曽祖父だそうな。

（二〇〇五・三　日刊ゲンダイ）

第十話　百年の知己のごとく

私は満で三十の歳から四十数年、盛り場ススキノの変遷を見てきた。そして酒場にも旬があると思うようになった。旬すなわち魚や野菜、果物などの、もっとも味のよい時期である。

旬のときの酒場は、そこで出会った客の誰もが、いい意味でその店を自分たちの私的なクラブのようなものに思いこみ、うちとけ、友だちになる。

私が行きつけの南四条西四丁目の酒庵「きらく」（第五グリーンビル）がそうであった。

昔は畳の小上がりがある古めかしい造りだったが、二代目店主の美人で聡明な鶴見優子は、カウンター席だけの小ざっぱりした店に改装し、客足をぐんと増やした。

満席の時は心やさしい常連の誰かが一見(いちげん)の客に黙ってカウンター席を譲った。

常客の和田由美が、

「長い間親しまれた酒場のカウンターには、出会いと別れ、喜びと怒りなど、客のさまざまな思いが詰まっている」

と述べたこの店のカウンターで、誰よりもこの店を愛した古参客の伊藤真介が倒れた。

彼はススキノの飲食店約一〇〇〇軒の設計を手がけた伝説の男である。死因は脳内出血。享年五十二。

常連の仲間たちが追悼集『薄野カウンター物語』（本文二百頁。二〇〇二年・亜璃西社刊）を上梓して彼の思い出を永久に残した。

執筆者は作家の東直己、小桧山博、藤堂志津子、札大教授の鷲田小彌太の諸氏をはじめ総勢四十九人。

「居酒屋はやし」もそういう店の一軒だった。

「きらく」の隣にあったこの店は、酒は新潟の「久保田」一本槍。開店以来、千寿久保田を切らしたことは一日たりとなかった。私はきびきびした板前の亭主も好きだったが、なんといっても日中、北陸銀行の社員食堂を切り盛りしている働き者のおかみさんが気に入った。

親切なおかみさんは若い客から慕われた。燈刻五時頃から、銀行、製薬会社、製紙会社、税理士事務所、広告会社、TV局など様々な職業人が入れ替わり立ち替わり客になった。札チョン族は毎晩、この店で食事をとっていた。

開店満五周年からほどなく、おかみさんが体調をくずし、ノレンをおろさざるを得なくなったが、冒頭で述べたとおり、この店をもっぱら自分たちの私的クラブのように思っている常連客というのがいるものである。このまま別れたくないと言い出し、毎月一回は店主夫妻を囲んで常連の懇親会をやろうということになった。

会名は「紅寿久保田」の上の二字をとり、「紅寿会」に決め、三十人で発足した。

世話役は公認会計士の石丸修太郎さんや大日本製薬の岩崎弘道さん。

二年後、店主夫妻は常連たちの人情にほだされ、遂に南三条西五丁目の現在地に再びノレンを出した。それからもう六年になる。

前稿で「スロウボート」のおケイと洋子のことを紹介したが、おケイが亡くなったのは平成七年二月十一日。ちょうど十年目の今年の命日に、洋子が店主の「トーン」という店で、ケイを偲ぶ会をやった。十二、三名も集まればいいと思っていたが、なんと大雪の夜、懐かしい昔の常連が三十四名も集まった。

酒場で結ばれた友情は、私が考えていたより遥かに固かった。

この頃いちばん旬なのは、第四話の美貌の女将クニが営んでいた小料理屋「吉半」のあとに開店した「旬菜・きそ路」だろうか。若い店主は進藤文子。キビキビとよく働く、まことに気風がいい美女である。

ここで出会った異業種の人たちは、まるで「百年の知己」のように、今夜も仲良く杯を重ねている。

（二〇〇五・三　日刊ゲンダイ）

「黄金時代の挿絵画家・茂田井武」

パソコンはもちろんテレビもなかった時代の子どもの楽しみは少年（少女）小説だった。講談社発行の「少年倶楽部」誌上に江戸川乱歩作「怪人二十面相」の連載が始まったのは、私が小学校へ入学した昭和十一（一九三六）年のことだが、名探偵明智小五郎と助手の小林少年の活躍は私たちを熱狂させ、教室で盛んに回し読みされた。挿絵は小林秀恒。怪人二十面相のイメージは彼の挿絵によるところが大きい。子どもたちの間で真似（まね）て描いたり、書き写したりすることが大はやりした。

戦争で中断された少年探偵団のシリーズが再開されたのは、昭和二十四年。復活第一作「青銅の魔人」の挿絵を担当したのは山川惣治。山川が描いた魔人の印象は強烈で、子ども心を慄（ふる）え上がらせた。小学校へ入学する前からテレビを見て育った今の人には、当時、挿絵がどんなに少年少女の胸を躍らせたか、想像もつかないだろう。大人の世界でも事情は同じだった。新聞や雑誌の連載小説は大衆娯楽の花形であった。挿絵は小説の視覚化に大きな役割を果たした。

昭和二十年代半ばから四十年代初めにかけ、戦前にまさる華やかな「挿絵の黄金時代」が出現した。私は昭和三十年創刊の挿絵専門誌「さしゑ」（季刊）の編集人だった頃、忘れられない挿絵画家に出会った。かつて傑作メンズ・マガジン「新青年」の編集長・水谷準に画才を認められ、同誌で活躍した茂田井武（もたいたけし）である。茂田井は独特な画風で大勢のファンを作った。代表作は昭和十一年から「新青年」に連載された小栗虫太郎作「二十世紀鉄仮面」の挿絵である。戦後は童画家としての評価が高まり、宮沢賢治作「セロひきのゴーシュ」（福音館書店刊）の挿絵が代表作。

昭和三十年晩秋のある日、私は「さしゑ」第三号（三十一年二月発行）の誌上展へ出品依頼のため、彼の自宅をたずねた。すでに病床に伏せていたが、承諾を得た。届いたのは「わたしばの印象」という絵で、一目見たときから、私には忘れられない絵になった。画面にただよう温かくてちょっと哀しい素朴な詩情が、どうにも懐かしくてたまらなかった。明くる二月の末、私は刷り上がったばかりの「さしゑ」を彼の家に届けに行った。お目にかかったのは、この二回きりである。彼はその年の十一月、帰らぬ人となった。四十八歳であった。

このたび、私はこれらの名画のエピソードを綴った『大衆の心に生きた昭和の画家たち』（PHP新書）を上梓した。巻末で昨年十一月に見た茂田井の「没後五十年展」のことを述べた。会場には彼の最後の作品となった宮沢賢治の「セロひきのゴーシュ」の挿絵原画が展示されていた。茂田井は三十八歳で夭折した賢治を敬愛し、愛読書の「宮沢賢治歌集」を死の床まで手放さなかった。賢治の童話のなかでは、特に「セロひきのゴーシュ」を愛読していた。

昭和三十一年、福音館書店の編集者が挿絵の依頼に訪れたとき、茂田井はもう病床から起き上がれなかった。彼は亡くなる四、五年前から気管支喘息と肺結核とたたかいながら病床で仕事を続けてきた。夫の身を案じた夫人は、玄関先で依頼をことわった。編集者があきらめて引きさがろうとしたとき、茂田井が隣の部屋から這(は)い出してきて、「賢治のゴーシュでしょう。それが出来るなら、僕は死んでもいいですよ」と、引き止めた。

三月、茂田井は絵を描き上げた。福音館書店の「こどものとも」第三号に「セロひきのゴーシュ」は見事な絵本となってあらわれた。戦後日本の絵本史に残る名作の一冊である。彼が息を引き取ったのは、その年の十一月だ。

一人ぼっちで貧しくて、しかも不器用な生き方しかできないゴーシュのかなしみ、やるせない怒り、自分と同じような小さい動物たちとのまじわりをいきいきとユーモラスに表現した挿絵は、とてもいのちが果てるまぎわの画家の作品とは思われない。私は会場で茂田井の精魂こめた最後の作品にいつまでも見とれた。帰りぎわに、もう一度中央のグランドピアノの上に飾られている遺影の前に立つと、五十年の歳月がみるみる収縮し、「わたしばの印象」が載った「さしゑ」を自宅へ届けに行った日のことを思い出した。私はあの時まだ二十六歳で、死にゆく茂田井の心中のかなしみを知らなかった。申しわけない気持ちでいっぱいになり、「茂田井さんがゴーシュだ。ゴーシュは茂田井さんだ」。遺影に語りかけながら、こぼれ落ちそうになる涙を必死にこらえた。

（二〇〇七・三　北海道新聞）

「わが友　星野秀利」

学士会館へ行ったことが二度ある。もう十五年ほど前、そう、一九九二年のことだ。要件は二度とも、イタリアで客死した経済史家、星野秀利に関わることであった。彼は私の少年時代からの親友だった。

一、ガリ版刷りの同人誌

私は一九九一年、六十二歳のとき、三十年以上勤めた会社を去った。辞めてからまもなく、旧知の鷲田小彌太氏（札幌大学教授）が「うちの雑誌に何か書かないか」と誘ってくれた。氏は当時、月刊文芸誌『北方文芸』の編集人の一人だった。初めて書いた拙作「アイドルの人」は、その年の『北方文芸』十二月号に掲載された。『アイドル』というのは敗戦直後、私が旧制函館中学の級友たちと作った粗末な同人誌である。

私が入学したのは、開戦から四カ月目、十二歳だった。中学生とは名ばかり、四年生の敗戦の夏まで、息つく間もなく勤労動員に狩り出された。星野は途中から海軍兵学校に入ったが、私は霧の深い根釧原野の開拓部落で、ひもじい八月を迎えた。星野との親しいつきあいは、この夏から始まる。それまで、私は彼と心をうちあけて話したことがなかった。私の眼には、軍人志願の彼は、学校の授業以外に興味がない人間にうつった。私の方は教科書より詩や小説に心を奪われていた。私は動員先から戻ると、文学好きな仲間と語らい、ガリ版刷りの同人誌を出す計画を立てた。海兵予科から復員した星野が、仲間入りを申し込んできたのは意外だった。

星野の変貌ぶりを知ったのは、誌名の相談の時である。彼が提案した誌名は『アイドル』だった。

「idol？ ピンとこないなぁ」

「偶像の idol ではなく、アイ、ディー、エル、イー。idle だよ」

星野によればidleとは、仕事をしないでブラブラしていること、つまり怠惰な、怠け者の過ごし方だという。

「僕はidleな人生に憧れている」

私は今でも、真剣にものを言う時の、彼のあのつやつやした眼の色が忘れられない。こちらの話に急いで相槌を打つ時の少しどもる癖など、昨日のことのように鮮明だ。

「要するにデカダンか？」

「そう、そうなんだ」

私はidleの反社会的なところが気に入った。星野にとって、それは海軍との訣別であったのだろう。誌名は星野案に決定した。

二、星野が消えた

星野と私は四年から旧制弘前高校へ進学し、寮で起居を共にした。卒業後、星野は新制東大、私は大阪大学に進んだ。阪大新聞編集部で長谷川慶太郎と仲間になった。星野と再び逢ったのは、私が東京の出版社に就職した一九五三年のことだ。彼との親しいつきあいがまた始まった。私たちはよく議論し、よく酒を飲んだ。安保反対闘争の敗北後、明治大学で講師をしていた星野は暗かった。六二年、彼が忽然と失踪した。やはり函中時代からの親友、佐々木信博が星野夫人に会い、はじめて彼がイタリア政府給費留学生として渡欧したことが判明した。爾来、星野からは、友だちの誰にも便りがない。こちらから出した手紙にも、一切、返事がなかった。星野は留学期限が終了しても、帰国しなかった。

（遂に、一度も帰国しなかった！）

消息は全く途絶えた。

『北方文芸』掲載の拙作「アイドルの人」は、星野が辿った後半生の物語である。それが思わぬ反響を呼び、年が明けると、たくさんの方から手紙を頂いた。未知の人が多かった。法政大学教授・西村閑也という方も、全く覚えのない方だった。

「突然お手紙を差上げますが、失礼の段お許し下さい。私は星野君と東京大学で一年間同じゼミに所属し、大学院では二年間、同期生だったものです。名古屋大学出版会の後藤郁夫氏より、『北方文芸』掲載のあなたの『アイドルの人』のコピーを頂きました。一読して感無量でした。イタリア留学の当初は、彼の心は本当に荒野に立っているようなものでしたでしょう。過去のあらゆる人間関係を切断したいというのが、彼の思いだったのでしょう。私はあなたの文章に、心の底からゆさぶられるような気がしました（後略）」

文中の後藤郁夫氏についても、全く記憶がなかった。西村氏の手紙によれば、ただ今、全国各地の大学から十数名の教授が集まり、イタリア語で書かれた星野の畢生の大作『中世末期のフィレンツェ毛織物工業史』の翻訳出版会を設立準備中との由。「ぜひ発起人になって下さい」と結んであった。

追いかけるように、財団法人名大出版会編集部の後藤氏から手紙が届いた。「（前略）北海道大学の長岡新吉教授が、中村さんの『アイドルの人』のコピーを送ってくれました。私は星野さんの生きざまに感動しました。あなたには無断で、友人知己にコピーを送りました。おゆるし下さい」

長岡教授にも面識はないが、著作を通じてお名前だけは存じ上げていた。私は長岡氏に礼状をしたためた。

三、いばらのトゲ

「アイドルの人」のあらすじを述べることにしたい。実は長い間、星野の過去のある言葉が、茨のトゲのように、私の心の襞に深く突き刺さったまま、抜けないでいた。

私が星野の行方を追ってパリからローマへ向かったのは、一九七一年の秋である。日本商社のローマ駐在員から「かねてご依頼の星野さんと関係がある人物かどうかわかりませんが、ホシノという女性ガイド通訳がおります」という知らせをうけたからである。それが星野夫人の陽子さんだった。「星野はただ今フィレンツェにおります。春から夏はこちらでアルバイトをしながら暮らしておりますが、秋冬はフィレンツェの文書館で研究しております」

夫人の説明から、私はやっと星野の仕事が摑めてきた。彼は世界でただ一人、中世フィレンツェの羊毛生産の歴史を研究している経済史家だった。彼の研究に役立つ資料は、十三世紀から十七世紀にかけての商人たちの請求書や領収書しかない。もちろん資料は全てマニュスクリプト（手書き）である。彼は中世羊毛工業の全貌を、それらの紙切れから読みとるため、古文書館を辛抱強く調査して歩き、特に秋冬はフィレンツェの史料館にこもって古文書漁りをしているという。「研究の目鼻がいつつくのか、あてはないのです」しかしいつの日か、イタリア語で研究成果を世界の学界に発表するというのが、星野の固い決意だという。

その晩、夫人に案内され、電話局へ行った。夫人はそこからフィレンツェへ電話をかけた。夫人が私に受話器を渡してくれた。だが、星野の声はとりつく島もなかった。私が「ぜひ逢いたかった」と言ったら、「日本人には逢いたくない」という返事がかえってきた。

四、週刊『毎日グラフ』の紹介

私がローマを訪ねてから七年後の一九七八年、毎日新聞社発行の『毎日グラフ』に「世界に生きる――フローレンスの羊毛工業史に賭けた二十年」と題する星野の業績と近況が掲載された。「彼はフローレンスの羊毛工業の商売の話、組織の問題、労働者の賃金などを含めた総合的歴史を、資料となる古文書、すなわち一枚の領収書や請求書から作り上げようとしている学者なのである（略）研究ははほぼ完了した」「彼は十三年間、中部イタリアを中心に古文書館の資料をしらみつぶしに調査した。その数、全部で四十軒か、五十軒か」「食事中にワイン四分の三リットルは飲む。が、彼の最も好きな酒は、ブドウの搾りカスから作られる焼酎に似た強い酒グラッパ。タバコも強いフランスのゴロワーズ。嗜好品は何でも刺激的なものが良いというわけだ」「今や、彼はもっぱら、のんびりムードのイタリア的怠慢生活と自由を愛しているようだ。二、三時間にわたる長い昼休みをとり、そうしてワーグナーを聴く。マーラーやブラームスの音楽も愛している（略）デカダン趣味なのだろうか」

私がローマへ行った頃は、彼は渡欧してからざっと十年、定職が見つからず、不安のどん底で生きていたが、この記事が書かれた頃には、ボローニャ大学に職を得て、やっと安定した生活を営むことができるようになっていた。星野は中学時代に夢見たidleな日常を実現した。しかし研究生活は……。

五、すさまじい研究生活

お目にかかったことはなかったが、信州大学教授の斉藤寛海氏が自著『星野秀利先生を悼む』を送って下さった。氏は一九七一〜七二、七八〜七九、八三〜八四年の前後三回にわたってイタリアに留学。星野から直接教えを受けた方である。私は初めて星野の後半生を知ることができた。

「先生は一九九一年一月二十五日、フィレンツェで逝去された。享年六十一」「イタリアでは、研究が認められるにしたがい、ルイジ・ボッコーニ大学講師、ボローニャ大学教授、次いでボローニャ大学・フィレンツェ大学兼任教授となられた」「研究の最初のものは一九六六年に発行されている。この間の五年は、異郷での生活と闘いながら、適切な指導者もないままに、未刊行史料と取り組んでいる苦闘の時代であった（略）一九八〇年、それらを一冊にまとめて『中世後期におけるフィレンツェ毛織物工業』として出版した。この著作は（略）従来の歴史像を大幅に書き換えた研究史上画期的な作品である」「フィレンツェの史料館では、常連中の常連であり、誰もが知っている正真正銘の名士であった」「その夏は特別に暑く、気温が四十四度の日が続いたが、先生は一日も史料館通いを休まず、国立史料館が夏休みに入ると、その期間開いている別の史料館に通われた」「この頃になると、先生は（略）国際学界においても発表されるようになっておられた。相変わらず（略）ものにとりつかれたような、凄まじいまでの研究生活を続けておられた」

斉藤教授の一文を読み進むうちに、星野の低いがよく響く声が脳裏にまざまざと甦ってきた。そして一九七一年のくだりでは、当時、星野が私に会う暇など全くなかったことを痛切に悟り、長い間のわだかまりが氷解した。

三十年前の星野の渡欧は、単なる留学ではなかった。

彼は荒野をめざしたのである。

六、陽子夫人からの便り

「数日前に大変美しい花束が届きました。あまり美しいので、私もバラと百合の三本ほどお裾分け頂き、花瓶にさし、あとは早速、フィレンツェ郊外の墓前に供えてまいりました」

星野が亡くなったという噂を聞きつけ、三十年ぶりに、陽子夫人に花を送った佐々木あての九一年四月十七日付の礼状である。

「イタリア国内はかなり旅行いたしましたが、旅行とは望む資料のある文書館に行くことでしたから、名所旧蹟というものには、どこの町に行っても足を向けませんでした。食べること、飲むことはとても好きでしたので、夜になればレストランに行き、その地の名物を食べ、ワインを飲みました（略）亡くなる前々夜は、若い学生達と郊外のレストランに出かけ、前夜は静かに家で音楽を聞いておりました」

星野が最後に聴いた曲はいったい何だったのだろう。ワーグナーか、ブラームスか……。私は幾夜か眠られなかった。星野はまたもや、私の胸の奥に、小さな美しいトゲを残して、今度こそ本当に去ってしまった。

七、会場は学士会館だった

後日談は『北方文芸』の後続号に載せた「それから」により、お伝えしたい。一九九二年一月十三日、私は学士会館で開催された出版準備会の結成式に参加した。そこで星野を敬愛する大勢の学者にお目にかかった。翻訳は森尾総夫（武蔵野音大）、斉藤寛海（信州大）両教授に決まった。席上、イタリア在住の星野夫人を招いて「星野秀利を偲ぶ会」をひらこうという提案があり、私もその発起人に加えられた。札幌へ戻るや、ただちに星野夫人に「偲ぶ会」のことを知らせ、『北方文芸』十二月号を同封した。

二週間後、夫人から来日の日取りを知らせる手紙を受けとった。

「星野は『日本人には逢いたくない』などと申しておりましたか。晩年はやや余裕のある研究生活ができるようになり、学問的にも評価されるようになりましたものの、気の毒なほど孤独な影を感じました。いつも『時間がない、時間がない』と言いながら、孤独な研究を続け、戦い半ばにして力尽きてしまいました」

星野が彼の地でなめた孤独は、日本で生まれ育ちながら、異国の経済史をこころざし、未踏の学問分野へたった一人で旅立った歴史家が、どうしても背負わなければならなかった「業」であり、「宿命」であったろう。

四月十九日、追悼会は盛会だった。古き良き時代をうかがわせる会館は、異国の古都で客死した歴史家の追悼の場所にふさわしかった。会場の正面に、晩年の星野の写真が飾られていた。大成した学者らしい顔になり、目もとも柔和だった。真下のテーブルに、もう一枚、セピア色の小さな写真が置いてあった。驚いたことに、ざっと五十年前の海軍兵学校時代の星野少年ではないか。凛凛しい軍服に身をかため、錨マークの軍帽に短剣という勇ましいいでたちだが、瞳だけははにかみ屋の星野らしく、笑っている。

背中にふと、人の気配を感じて、ふり向いたら星野夫人の陽子さんだった。思わず手をとりあった。実に二十二年ぶりに再会した陽子さんは、初めてローマで逢ったあの時と変わらぬ美しい眼をしていた。


（「学士会報」平成20年1月1日発行　№868掲載）

「永遠の若人　石垣さん」

七月六日、かねてより肺がんの治療で東札幌病院に入院中の石垣博美さんが亡くなられた。享年九十。主治医の石谷邦彦さんにお聞きしたら、眠るが如き最期だったそうな。

私はこれまで石垣さんから頂戴した御厚情の数々を思い出し、暁方まで寝つかれなかった。

最初に石垣さんに出会ったのは、日本経済新聞社北海道支社主催の「日経懇話会」の朝会だった。会場は札幌グランドホテル。毎月一回、朝七時に集合し、用意された朝食をすませてから、ざっと一時間、講師のスピーチを拝聴し、そのあと質疑応答があって解散。

私が講師を依頼されたのが昭和四十年代前半のいつだったたか、正確な日付はもう覚えていないが、テーマは「北海道の問屋流通革命」だった。

当日、私は一番前の席に座って盛んに質問する瀟洒な紳士が北大経済学部の石垣教授だとは、あとで名刺交換するまで知らなかった。

これが私と石垣さんとの最初の出会いだった。次の機会はすぐにやってきた。

その年の秋、同じグランドホテルで催された旧制高校卒業生を中心とする恒例の「北海道寮歌祭」である。石垣さんは寮歌祭実行委員の一人で、いつも松本高校チームのストームの先頭に立っていた。彼はどなたも御存知のように人柄が極めて率直。全くといっていいほど飾り気がない。弘前高校出身の私とは宴席が離れていたが、お互いに文科乙類の出身だとわかり、いっぺんに親しくなった。いつしか肩を擁し、杯を重ね合った。酒が入ると、石垣さんはたちまち高校時代に立ち返り、私を「おい、ヨシト」と呼んだ。彼は大正十二（一九二三）年北海道士別生まれ。私より六歳年長。松本高校在学中に学徒出陣。敗戦で復学後、東京大学経済学部を卒業と同時に、新設の北海道大学法文学部助手に採用され、文部省内地留学生として再度東京大学経済学部で勉学をつづけ、のち北大経済学部助教授を経て教授。

この日から私も彼のことを遠慮なしに「ヒロミ」と呼ぶようになった。

二〇〇二年春、PHP研究所から、拙著『経営は人づくりにあり』が出版になった。私はこの本の初めと終わりに、弘高先輩の小竹俊夫さん（当時九十二歳）と松高出身の石垣さん（当時七十九歳）について書いた。御両所は、後日親しい仲間と語らい、出版記念会を催して下さった。私は締めの乾杯のときの石垣さんの御挨拶を今も忘れられない。

「この歳になっても、考えることは不思議なことに、いつも高校時代に考えた事ばかりです。どう生きたらよいか、それが一生かけて追求、模索する私の思想テーマでした。昼は大学の教壇に立ち、夜はススキノでバイオリンを弾いて暮らすのが夢だったときもあります。今度この本を読んで、遂に終生の友にめぐり会えたような気がします。では皆さん、ヨシトのために、アインス、ツヴァイ、ドライ、乾杯！」

それから一カ月ほど後、今度は石垣さんが『教養大学のすすめ』という冊子を発表された。人間をつくる教育の大切さを説いた論文である。

「いったい私達は、あの旧制高校の三年間で何を学んだのだろうか？（略）人文社会科学の基礎理論、特に哲学や歴史を学んだわけであるけれども、結局はリベラル・アーツ（幅広い教養）を学んだものと思う」と推論し、「しかし教室なんかでよりも寮生活で遥かに重要なことを学んだ」と述べ、さらにこう続ける。

「今年も年が明けた一月某日、東京銀座の某所で旧制松本高校文乙クラス会があった。もうみんな七十歳はこえているので、昼間に集い、酒を飲み始める。今、私は七十七歳になる高齢者ではあるが、まことに不思議なことに、この歳になっても考えることは、旧制松高時代のことである。私は昭和十八年の学徒出陣組であったから、わずか二年足らずの学生生活であったのに、あの時期にインプリントされた思想断片について、今もクラスの友人達と議論しているのである。年に一、二回のクラス会で、アントン・チェーホフや九鬼周造、パスカルや西田幾太郎について語らう。あの寮生活の中で私達は一生かけて追求、模索する思想テーマを獲得したのである」

その信条の結晶こそ、彼がのちに作詞した「友だちになろう」という美しい詩だ。

友だちに　なろうよ
めぐりあう　だれとでも
ことばかわす　人はみんな
友だちに　なれるから

たがいに　いたわりあい
たがいに　わかちあう

友よ　語りあおう
いつも　ともにあるく
悲しいときも　楽しいときも

助けあい　どこまでも

ああ、私は初めて肩を組んで共に歌ったあの寮歌祭の一夜から、石垣さんと幾たび人生について語り合ったことだろう？　議論をし出すと、石垣さんはいつも熱くなり、若々しかった。その友も、今やなし。しかし彼の慈顔は、私のまぶたから永遠に消えることはあるまい。

さらば、愛すべき年長の友よ。合掌。

（札幌西ロータリークラブ会報二〇一三年七月三〇日号掲載）

あとがき　「飛雪亭雑記帳」

新聞や雑誌にときどきコラムを書くようになったのは一九八二年頃からである。連載を依頼されたのは、それから十年くらいたってからで、朝日新聞（北海道版）が最初だった。次いで雑誌「月刊さっぽろ」、新聞「北海タイムス」、「北海道新聞」、「日刊ゲンダイ」（北海道版）という具合いだった。

掲載作品の幾つかは、いつか読みかえす折りもあろうかと、切り抜いてとっておいたが、このたび、やっとその機会を得た。

本書にまとめるにあたり、ひととおり目を通したところ、発表時期が同じなため、内容が重複している作品もあった。書き改めようかと思ったが、無理だとわかったので、旧稿をそのまま収録した。どうかご容赦を乞う。

執筆をはじめた頃は、早生した娘のイズミが原稿の清書係をひきうけてくれ、私の記憶ちがいの箇所を指摘してくれたので助かった。彼女は清書係であるだけでなく、熱心な読者でもあった。親の口から言うのはおこがましいが、彼女は自分ががんの末期患者とわかっても、けなげだった。死にゆくわが身より、生き残る私の身を気づかった。

「お父さん、ご免なさい」

私はイズミの別れの声が忘れられない。

さて最後になるが、本書の刊行にひとかたならぬお世話を頂戴した言視舎の杉山尚次社長、編集者の田中はるか様に深甚な謝意を表します。本当にありがとうございました。

飛雪亭にて　中村嘉人

二〇一四年初夏

[著者紹介]

中村嘉人（なかむら・よしひと）

1929年、函館生まれ。大阪大学経済学部卒業。教師、雑誌編集者、会社経営者を経て文筆業に入る。道銀文化財団副理事長、堀江オルゴール博物館常務理事ほか。札幌市民芸術祭実行委員会委員。著書に『ロマノフ家のオルゴール』『古い日々』（以上未来社）『池波正太郎。男の世界』『経営は人づくりにあり』『大衆の心に生きた昭和の画家たち』（以上 PHP 研究所）『定年後とこれからの時代』（長谷川慶太郎氏との共著、青春出版社）『時代小説百番勝負』（筑摩書房）『函館人』（言視舎）など。

装丁………山田英春
扉題字………題字：中村優希、筆者名：中村玲
DTP 制作………勝澤節子
編集………田中はるか

いまからでも遅くはない——北の言論人の知恵

発行日❖2014年6月30日　初版第1刷

著者
中村嘉人

発行者
杉山尚次

発行所
株式会社言視舎
東京都千代田区富士見 2-2-2　〒 102-0071
電話 03-3234-5997　FAX 03-3234-5957
http://www.s-pn.jp/

印刷・製本
中央精版印刷㈱

ISBN978-4-905369-91-2 C0095

言視舎刊

978-4-905369-69-1

函館人

古くから交易基地として知られた港町・函館を舞台にくりひろげられた幾多の人間ドラマ！「函館人」はなぜ権力に魅力を覚えず、自由主義的なのか。司馬遼太郎、子母沢寛ほか函館を舞台にした歴史小説や、さまざまな史料に描かれた「函館人」をさぐる。古い写真・地図、多数。

中村嘉人著　　四六判並製　定価 1600 円＋税

978-4-905369-40-0

北海道人が知らない

北海道歴史ワンダーランド

蝦夷地＝北海道は世界で「最後」に発見された場所だった。「黒船前夜」の歴史物語から、すすきの夜話、熊に食われた話、現代の壮大なフィクションまで、北海道のいたるところに秘められた物語を幻視する。

井上美香著　　四六判並製　定価 1600 円＋税

978-4-905369-50-9

双陽の道

大久保諶之丞と大久保彦三郎

北海道開拓移民事業に尽力し、四国新道、瀬戸大橋などを提唱した四国の政治家・大久保諶之丞。その実弟で尽誠学園の創始者・彦三郎。二人の詳細な評伝。年表、移民史料充実。

馬見州一著　　四六判上製　定価 1905 円＋税

978-4-905369-49-3

日本人の哲学1

哲学者列伝

やせ細った「哲学像」からの脱却。日本の歴史はほとんどの時代で偉大な哲学者を有している。存在論、認識論、人生論の三位一体をめざし、狭義の哲学が無視してきた人生論に光を当てる。現代から古代へ、時代を逆順に進むスタイル。

鷲田小彌太著　　四六判上製　定価 3800 円＋税

978-4-905369-74-5

日本人の哲学2

文芸の哲学

文芸の哲学とは、「哲学は文芸である」ことを示すことだ。文芸は……人間と世界にかんする知情意の全「表現」世界である。端的にいえば言語表現の世界だ。「言語」なきところに文芸はない。哲学もない。現代から古代へ、時代を逆順に進むスタイル。

鷲田小彌太著　　四六判上製　定価 3800 円＋税